当代寓言名家新作

Dangdai Yuyan Mingjia Xinzuo

白天鹅和黑天鹅

林植峰◎著

读寓言·学知识·明事理·提素质

品读寓言故事　领悟人生哲理
经典寓言大世界　人生智慧大宝库

天津出版传媒集团

天津人民出版社

图书在版编目（CIP）数据

　　白天鹅和黑天鹅 / 林植峰著 . -- 天津：天津人民
出版社 , 2018.9
　　（当代寓言名家新作）
　　ISBN 978-7-201-13726-1

　　Ⅰ . ①白… 　Ⅱ . ①林… 　Ⅲ . ①寓言—作品集—中国—
当代 　Ⅳ . ① I277.4

　　中国版本图书馆 CIP 数据核字（2018）第 199576 号

白天鹅和黑天鹅

BAITIANE HE HEITIANE

出　　版	天津人民出版社
出 版 人	黄　沛
地　　址	天津市和平区西康路 35 号康岳大厦
邮政编码	300051
邮购电话	（022）23332469
网　　址	http://www.tjrmcbs.com
电子信箱	tjrmcbs@126.com

责任编辑	李　荣
装帧设计	映象视觉

制版印刷	永清县晔盛亚胶印有限公司
经　　销	新华书店
开　　本	640×920 毫米　1/16
印　　张	12
字　　数	200 千字
版次印次	2018 年 9 月第 1 版　2018 年 9 月第 1 次印刷
定　　价	29.80 元

总序：为有源头活水来

——《中国当代寓言名家新作》丛书总序

顾建华

中国当代寓言，正在用浓墨重彩书写着中外寓言史上令人瞩目的新篇章。

进入改革开放的新时期后，在我国文坛上，寓言空前活跃起来，涌现出数百名痴心于寓言创作的作者和难以计数的寓言佳作。

本丛书的八位作者堪称中国当代寓言名家。他们大多数是从20世纪70年代末80年代初开始写作寓言，已经有了三四十年的创作经历。有的作者虽然以前主要从事其他文体的写作，但后来专注于寓言创作的时间也有一二十年了。他们的寓言作品量多质高，一向受到读者的欢迎和好评，不少名篇被各种报刊选用，收入各种集子，有的还被选作教材广泛流传。

这些作者以往都早已有各自的多种寓言集问世，在寓言界有一定的影响。本丛书收入的作品，则是他们近年所写，首次结集。可以说是作者们用积淀了一生的智慧和才华，观察当今社会、解剖各种人生的结晶；也是作者们力求寓言创新的又一新成果，无论在思想境界上还是艺术境界上都给人很多启迪。

这十部寓言集和我们常见的平庸的寓言作品不同，不是用些老套的看了开头就知道结尾的动物故事，演绎一些连小朋友们都已厌烦了的道德说教，或者一些肤浅的事理、教训。它们的题材非常广博，有的影射国际时事，有的讽喻世态人情，有的抨击贪官污吏，有的呼吁保护生态……很多作品笔锋犀利、情感炽烈，既有冷嘲热讽，也有热情歌颂；而思想之深邃，非历经世事者所难以达到。它们娓娓道来的或者荒诞离奇，或者滑稽可笑的故事，却是当今现实世界曲折而又真实、深刻的反映。这样的寓言作品并不是供人饭后消遣的，而是开阔人们的胸襟、心智、眼界，让人们在兴趣盎然地读了之后禁不住要掩卷深思，深思社会、深思人生。

这十部寓言集显现了作者们高超的艺术功底，在艺术表现上多有新的突破和尝试。

杨啸是我国屈指可数的享有很高声誉的寓言诗人。从他的两部新作《狐狸当首相》和《伯乐和千里马》可以看出，他的寓言诗艺术已经炉火纯青，并且还在不断求新，样式、手法多种多样。如作品中除了运用娴熟的单篇寓言诗外，还有不少系列寓言诗、微型寓言诗等等，给人以新意。他过去的很多寓言诗是写给成人的，更是写给孩子们的，特别善于用富有童趣的幽默故事、朗朗上口的动听诗韵，让读者（尤其是儿童读者）得到教益。这两部寓言诗依然既是写给孩子们的，更是写给成人的，在内容和写法上都有很多变化。

张鹤鸣、洪善新伉俪在寓言剧的创作上，在我国原本就无人可与之比肩，近几年又进一步冲破旧模式的藩篱，另辟蹊径地创造了"代言体"寓言短剧的新形式，使寓言能够更好地融入少年儿童的生活和心灵，发挥寓言的道德教育、知识教育、审美教育的作用。《燕南飞》中的一些作品已经成为初学者学写寓言剧的样板，《海神雕像》则显示了作者多方面的才能。他们原先擅长创作带有戏剧性的篇幅较长的寓言故事，现在生活节奏加快，为了满足读者需要，这次也写起了寥寥数言的微寓言，且颇有古代笔记小说的韵味，别具一格。

《蓝色马蹄莲》是作者吴广孝旅居美国时的所见所闻所思所念，散发着我国其他寓言作品中罕见的异域风情。它也不同于其他寓言作品用编织出人意料的情节来揭示作者想说明的哲理，而是像一则则旅游随笔，以优美而简约的散文笔法展示作者所经历、所体验的人、事、物，然后出其不意地迸发出作者由此而来的瑰丽奇妙的思想火花，使随笔变成了寓言。《伊索传奇》以虚构的伊索的生活为线索，在光怪陆离的时空转换中，穿插着对《伊索寓言》的全新的阐释，借题发挥，抒发的却是当代中国人的情感。

罗丹所写的《苏格拉底的传说》同样是以古希腊的智者为寓言的主角。过去也有人这样写过，但罗丹笔下的苏格拉底与他人不同，有着作者本人的印记。苏格拉底对古往今来的各色人等、鸟兽虫鱼发表的言论，都是作者数十年从生活中获得的人生感悟，是对晚辈的谆谆教诲，很值得细细体味。

《白天鹅和黑天鹅》秉承了作者林植峰自 1956 年上大学时发表寓言（距今已有一个甲子）以来，一以贯之的"颂扬真善美、鞭挞假恶丑"的宗旨。他的这部新作就像他自己所说的那样，是"文字的漫画"，作品中用嬉笑怒骂的文字构成的各种虚幻世界，表达了作者对当前社会现实问题的严肃思考，应该引起世人的警觉。

《龙舟鼓手》，让我们看到作者凡夫严谨的写作态度以及寓言的多种多样的艺术表现手法。其中的作品都是有感而发，篇篇经过精心打磨，在写法上不拘泥于某种套路，微型小说、笑话童话、民间故事、小品杂文等都能运用自如地嫁接到寓言中来。他还特别重视把寓意水乳交融般地渗透到故事中去，他的寓言没有外加的生硬的说教，却十分耐人寻味，让读者自己从故事中去领略、生发更多的意义。

桂剑雄写的《西郭先生与狼》，无论上半部分的动物寓言还是下半部分的人物寓言，都继承和发扬了明清笑话寓言的特色，十分诙谐有趣。很多作品不是以智者为主角，而是以愚者为主角。作者夸张地描写愚者愚拙蠢笨的荒唐言行，讽刺意味浓郁，既引人发笑，更发人深思。如今，寓言中刻画成功的愚者形象并不多见，因此这些作品尤显可贵。

本丛书的作者大都年事已高，却依然充满旺盛的文学创造力，继续为寓言创新铺路开道。他们以自己的创作实践印证了习近平总书记在文艺工作座谈会上的讲话中所说的："人民是文艺创作的源头活水"，"文艺的一切创新，归根到底都直接或间接来源于人民"。

笔者和丛书作者相识、相知数十年。从交往中我深深感受到：他们心底坦荡，为人正直，急公好义，乐于助人，不畏权势，嫉恶如仇；他们一直生活在人民之中，热爱人民，心系人民，对人民的深厚感情促使他们不断地要用被称为"真理的剑""哲理的诗"

的寓言来为人民发声，表达人民的爱憎和愿望！据我所知，本丛书中的不少作品，就是直接来自于作者的亲身经历，是作者在为大众的事业、大众的利益仗义执言。作者们为寓言创新所做的努力，也都是为了使自己的作品更加得到人民的喜欢，满足人民的需要。

南宋朱熹的《观书有感》诗云："半亩方塘一鉴开，天光云影共徘徊。问渠那得清如许？为有源头活水来。"池塘之所以能够如镜子一般透彻地映照天光云影，是因为它有源头活水。当代寓言名家新作之所以能够拒绝平庸，不断创新，真实地、本质地反映现实生活，就因为作者们紧紧地依赖于汩汩涌流、取之不尽、用之不竭的源头活水——百姓生活。脱离了百姓，脱离了生活，寓言就会成为"无根的浮萍、无病的呻吟、无魂的躯壳"，失去与时俱进的活力，失去存在的价值。

作者诸兄嘱我为这套丛书说几句话，就写下了以上一些读后心得，权作序言。

2016 年元旦于金陵紫金山下柳苑宽斋

目 录

第一辑
最聪明的鸟儿

"歌星"杜鹃

森林的夜，宁谧幽静。鸟儿们在睡梦里，忽然听到一阵阵美妙的歌声，曲调犹如流动的彩云，鸟儿们仿佛置身于云彩之上，在天空中恣意荡漾，在梦乡里甜蜜地笑了。

一到清晨，相思鸟便四处探听，它找到百灵鸟问：

"朋友，如果我没有弄错的话，你半夜里唱了一支迷人的新曲吧？"

百灵鸟说："我还一直以为你在唱哩。莫不是黄莺在练嗓子？"

"不是我，不是我！"黄莺正好赶来，忙答腔道："我深夜里是从不唱歌的呀。"

"这么神奇美妙的曲子，是谁唱的呢？"鸟儿们疑惑不已。它们不断询问，问到了新来的杜鹃。杜鹃凝神片刻，才不好意思地说：

"我随便哼儿段罢了，实在不堪入耳，望各位不吝赐教。"

鸟儿们一听此言，对杜鹃的才华深信不疑。它那谦逊的姿态，尤为使大家感动。啄木鸟欣喜之余，止不住恳求道：

"您再唱支给我们听听吧，我来替您打拍子。"

杜鹃神秘地笑笑，和蔼地回答道：

"夜晚最富有诗意，我那时唱起来才有股激情。白天嘛，就恕不献丑了。"

鸟儿们自然不能勉强，但对"歌星"崇敬之情，止不住油然而生。听说大歌唱家无处安家，黄莺自告奋勇，让出刚筑好的新居；一些鸟儿还争着代杜鹃抚育孩子。它们都乐于为大歌手出力。

过了些日子，在一个深夜里，当夜曲唱过之后，突然响起猫头鹰粗犷的喝彩声：

"夜莺，夜莺，你唱得太棒啦！"

梦中的鸟儿们被惊醒了，它们全都听得分明，顿时恍然大悟：原来是夜莺——这位从未见过面的歌手在唱呀！

第二天早上，鸟儿们结队去寻杜鹃，要当面质问这冒名顶替的骗子，哪知杜鹃这家伙早已溜得无影无踪啦！

白鹅入典

白鹅突然激动得大声叫起来：

"哦，哦，特大喜讯，我的名字就要收入《世界珍禽大辞典》啦！"

信函是乌鸦专程送来的。白鹅用红红的扁嘴，叼着这份精美通知，四处炫耀，惹得阿猫、阿狗跟在后头跑。迎面碰上了黄牛，白鹅兴奋地嚷道：

"老牛啊，我已成为世界珍禽了，不仅可以载入经典，荣获'大师''院士'头衔，而且还可以领块金匾，匾上刻着'伟大的白鹅'五个闪光大字。老兄，到时请你欣赏开开眼界。"

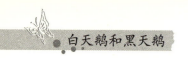

"你得到了这么一份通知？"黄牛平静地问。

"难道你不相信？"白鹅将放在草地上的通知衔起来显示了一下，又小心放好，兴致勃勃地说道："唉，就是这份通知，'世界珍禽编委会'的大红印章，清清楚楚。编委会成员由孔雀、琴鸟、秃鹫等了不起的角色担当。哦，书名还是请百鸟之王的凤凰亲自题写的哩。哦哦，我白鹅从此变成著名人物了。"

"不过据我所知，"黄牛晃了晃头说："灰母鸭、芦花鸡，也接到了一份通知，说是只要交 100 只蛋就能入典；各交 300 只蛋便发给金匾。它们当即把通知扔进小溪里去了。你大概不要交蛋吧？"

"哦，也要交的。"白鹅降低了声调，有些结巴地说，"只是，没有要那么多，只要几、几十个。"

"那是因为你的蛋特别大。"黄牛笑道："乌鸦们玩的把戏，名堂真不少。可我要提醒你，鹅大妹子，你要参与的话，除损失几十个鹅蛋，恐怕还要留下笑柄呢。"

白鸽和花鸽

在湛蓝的苍穹中，隐隐地出现了一个疾飞的黑点——那是凶猛的隼出来巡游。屋顶上的白鸽抬头一见，兴奋地对身旁的花鸽说：

"难得的时机，上吧，练练胆识和本领去。"

"不，那样太危险，我可不愿奉陪。"花鸽说罢，一头钻进鸽笼里。

白鸽一闪翅，勇敢地飞向高空。隼立即猛扑过来，白鸽灵巧地闪避，与隼玩着惊险的捉迷藏的游戏。兜了几个圈子，白鸽带着伤痕回到了家中。花鸽瞅见了空中的一幕，在门口吓得索索发抖。

过了些日子，一场远距离送信的比赛在进行中，白鸽和花鸽都是其中的佼佼者。在它们越过群山时，白鸽一直冲在最前头。它碰上了一只巨大的隼。隼扑扇着强劲的双翅，发起了猛烈的攻击。多次同隼打过交道的白鸽，沉着而巧妙地翻飞着，迅疾地摆脱了灾星，很快地达到了目的地。

花鸽的速度也不慢，它接着就在山峰上空出现。然而，悲剧发生了，这只从未与隼接触过的鸽子，迎头撞见凶神恶煞的猛禽，顿时心慌意乱，很快就被隼追捕住，空中立刻飘飞着片片带血的羽毛……

白鹭和天鹅

宽阔而优美的湖畔，一只白鹭撑着一条腿，正悠闲地欣赏着湖面的风光。忽然，天上一个白点出现，逐渐扩大，最后降落在水中，看上去是一只像鹅一样的鸟。

"你游泳的样子同鹅一个样呢，"白鹭兴致勃勃地开口道，"你是鹅的亲戚吧？"

"是的。"对方彬彬有礼地回答。

白鹭顿时神气起来，自负地说："这就对啦。朋友，你瞧我待在湖边，别以为我不会飞。古代一位名诗人说，'一只（行）白鹭上青天'，可见我飞得多么高。你们鹅的飞行能耐，我是清楚的。请问，你能飞过山顶吗？"

"还凑合。"回答得平平淡淡。

"凑合可不行。"白鹭昂起头说："我平生飞过的山岭，迄今为止，大大小小有二百三十五座了。瞧，湖那边插入云端的穿云峰，我便超越过。你飞过什么山岭没有？"

"哦，有一座的。"

"一座？才一座？是无名小山吧？你叫什么名字来着？"

"那座山叫喜玛拉雅山。我叫天鹅。"

天鹅礼貌地点头笑笑，缓缓地游向了湖心。白鹭听后，已惊骇得瘫倒在浅水中。

白天鹅和黑天鹅

水草丰茂的沼泽地带，居住着一群白天鹅。它们雪白的羽毛、高雅的姿态、嘹亮的歌声，获得周围人们深深的喜爱，白天鹅们感到幸福和自豪。

一天，扑簌簌飞来几只黑天鹅。白天鹅群顿时出现了骚动。

它们窃窃私语，一只生气地说："哎呀，这不是乌鸦的颜色么？"另一只愤慨地表示："黑得像木炭，太丢天鹅的丑了。"白天鹅们商议着如何驱赶黑天鹅，不再让它们在这一方露脸。

然而，闻讯赶来的人们，见到了黑天鹅无不欣喜若狂，赞不绝口：

"黑天鹅，黑天鹅，多稀罕的品种，见到你们真是大开眼界。"

"秀丽端庄，实在可爱！"……

白天鹅们开始是惊呆，继而是自卑，它们暗自叹息道，"看来，人们十分珍惜黑天鹅，我们将一钱不值了。"谁知，人们爽脆的话语清晰地传来：

"白天鹅，黑天鹅，黑白相间，交相辉映，大自然蕴藏着的美，是何等惊心动魄，是多么令人心旷神怡呀！……"

白天鹅感动极了，它们欢唱着迎向黑天鹅；黑天鹅分外快乐，扑扇着黑油油的双翅，高歌着奔向白天鹅。它们很快地融合在一起，成了亲密无间的挚友。

远处，人们摄下了这难忘的瞬间。

百灵和孔雀

百灵和孔雀交上了朋友。画眉呀黄莺呀这些有着美妙歌喉的鸟儿，一听说了这件事，个个将脑袋摇个不停，它们找到百灵说：

"咦，你怎么同孔雀打交道？它的声音要多难听有多难听。

你是有名的歌唱家，同它在一起，丢格呀！"

孔雀和百灵交上了朋友。锦鸡呀小翠鸟呀这些优秀的舞蹈家，知道后很不以为然，个个晃着尾巴劝孔雀说：

"你呀，干嘛和百灵混在一起？它那模样，要多难看有多难看。你是杰出舞蹈家，同它在一起，出丑哇！"

会唱的百灵和善舞的孔雀，它们仍然相处得自然而快乐。当百灵婉转啼唱时，孔雀情不自禁地跳起了舞；而当孔雀翩翩起舞时，百灵立即欢快地伴唱。许多鸟儿们常常围上来欣赏，并啧啧称赞道：

"好一对出色的朋友，互相取长补短，友爱相处，又给我们增添了多少乐趣啊！"

画眉、黄莺，锦鸡、小翠鸟们都受到了感染，纷纷投入到了唱歌、跳舞的行列。林子内外是那么热闹非凡，那么和谐融洽，那欢快的情景，仿佛在迎接一个盛大节日的到来！

百灵鸟的蛋教

百灵鸟妈妈孵着一枚珍贵的蛋。它一心要造出一个奇迹，让小宝贝在啄破蛋壳之前，就成为林中杰出的小歌手——它要进行"蛋教"。

你瞧，它不仅跳上枝头，亲自对蛋壳里的精灵千啼百啭，用歌声来熏陶，还请来白燕、相思鸟传授新儿歌，请鹦鹉、八哥专

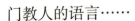

门教人的语言……

枝头上热闹非凡。百灵鸟妈妈沉浸在梦幻般的欢乐中，它似乎看见小百灵鸟在百鸟前的独唱，以及鸟儿们狂热喝彩的情景。

这一天清晨，百灵鸟妈妈敏感地听到了一阵极其细微的声音。它迫不及待地四处邀请好友，来欣赏小神鸟出壳后的第一支乐曲。可是，左盼右等，从早上到中午，从中午到黄昏，从黄昏又到第二天黎明，却一直毫无动静，面对的是一个冷寂得犹如小圆石般的鸟蛋。

百灵鸟妈妈慌了，请来仙鹤大夫。大夫轻轻叩诊和细细观察之后宣布：

"在最关键的时刻，小百灵鸟缺乏母亲体温给予的最后的一丝力气，无法从里面冲出，已窒息在那小小的世界里了。"

百灵鸟妈妈一听此言，不由得大放悲声。它哭了一天又一天，将两眼都哭出血来，把百鸟的心都几乎揉碎了。哭到伤心处，只听那可怜的母亲哀号道：

"我的宝贝儿，你为什么这样不争气呀，竟然辜负了我殷切的期望，白费了我的一片心机啊！"

斑鸠的歌

斑鸠小的时候同小黄莺是邻居，它们常在一起玩耍。那时，斑鸠天生一副好嗓门，只要一张开嘴巴，从那小巧的嘴里，便流淌出一串串忧美的音符，歌声美妙悦耳。黄莺恰恰相反，它虽然挺喜欢唱，可生来只能发出单调的"咕咕"声。小斑鸠每当听到"咕咕"叫，就觉得怪好玩的，总会产生捉弄对方的念头。因此，只要朋友"咕咕"，它也跟着"咕咕"。

"咕咕，咕咕。"小黄莺苦恼地哼着。

"咕咕，咕咕。"小斑鸠嘻笑地模仿。

斑鸠的"咕咕"声，学得像极了。所以，林子里的鸟儿们只要听到"咕咕"调，都以为是小黄莺在唱。小斑鸠更得意了，早也"咕咕"，晚也"咕咕"；当着黄莺的面"咕咕"，背着黄莺也"咕咕"。

在斑鸠"咕"得最卖劲的时候，黄莺已经沉默了。它深思熟虑之后，决定到各处拜师学唱。黄莺先后向百灵、画眉、相思鸟、白燕、云雀等求教。它勤学苦练，学会了许许多多的有名曲调。

黄莺学成归来，在林子里举办了独唱会。鸟儿们前来欣赏，个个赞不绝口。最后赶来的斑鸠，一见黄莺立在舞台中央，便不服气地想，"它也能演唱？哼，我比它强多了！"它跳往黄莺身旁，对众鸟宣布，"让我同黄莺比一比歌喉吧。"于是，放开嗓门高歌起来。可是，吐出的是什么声音？刺耳的"咕咕"调！

斑鸠羞愧地躲往一边去了。从此，它发出的只能是"咕咕"的啼声，也就是如今大伙听惯了的斑鸠的歌。

炒作雨燕

在一次鸟类的长途飞行比赛中，针尾雨燕冲在最前面，每小时三百千米啊，这可不是闹着玩的。针尾雨燕独占鳌头，一举成名，顿时成了新闻人物。各种鸟儿派出代表寻访雨燕。一只鸵鸟捷足先登，跑到冠军跟前，兴奋地说：

"出类拔萃的朋友，想来你走路也是风一般快的，请你务必介绍快跑的经验，我要在鸟界广为传播。"

"我会跑？"雨燕吃惊地反问。

"别谦虚了，"鸵鸟笑嘻嘻地说，"年纪轻轻可不能保守。这样好了，我帮你总结几条：一、起跑快；二、跑时抬高腿；三、前进中目不斜视……"

鸵鸟离开不久，百灵鸟上门。它灵巧的嘴里，滚出了一串动听的声音：

"我崇拜的明星哪，今儿个，你非将唱歌的诀窍谈出来不可；你取得如此辉煌业绩，我们百灵鸟无不欢欣鼓舞，为有你这样的知音而万分自豪。"

针尾雨燕无奈地直摇头。百灵鸟哪肯罢休？它左动员右启发，终于凑成了几条经验，赶赴网上发帖去了。

紧跟着，自称为"铁杆粉丝"孔雀扑来，几乎采用同样手法，帮雨燕整理出了一份如何跳舞的典型材料……

针尾雨燕一时名满天下，但它却躲在树荫深处独自发愁。有只信鸽发现了雨燕，关切地问：

"你到底怎么啦？"

"如此将我炒作，有苦难言哪，有苦难言！"针尾雨燕带着哭音回答道。

翠鸟股长

翠鸟成了池塘管理股长。这位绰号叫"钓鱼郎"的角色，倒挺会攀交情，比如，白鹅或鸭子到了塘里，东道主立刻送上鱼、虾招待。鹅称"翠鸟水平高"，鸭子赞"钓鱼郎顶呱呱"。乌鸦常到塘边饮水，翠鸟股长也殷勤地献上两、三条鱼，乌鸦便宣传翠鸟"精明能干"……

在溪边巡游的白鹭远远地发现了翠鸟的作为，气愤地评论道：

"翠鸟尽拿鱼、虾开路，作风太坏了！"

白鹭的话是带有权威性的，钓鱼郎股长得知后，不禁胆战心惊。尤其不妙的是，白鹭将要兼管池塘，成为它的顶头上司。

白鹭终于涉足池塘边。

白鹭的腔调大变，常拍打双翅，对鸟、禽们夸奖这位下属道：

"翠鸟是位能员，一块好料啊，我要尽快提拔它。"

其中奥妙不点自明。钓鱼郎股长巴结白鹭领导，工作做得十分到位，敬奉上级的池鱼，比送给其它家禽、飞鸟的要多好几倍！

冬天的朋友

森林的冬天是一片银白的世界。在厚厚的大雪里，突然，有一团雪在滚动。更有趣的是，不远处另一团雪竟无声地飞起来了。滚动的雪球惊诧地嚷道：

"呀，雪球儿哪能冲上天呢？"

那空中的雪球闻声，便径直掉落在另一个雪球跟前，笑着说：

"我正奇怪你为什么会滚动，原来你是一只兔子。"

"我叫雪兔，雪兔就是我！"浑身洁白的兔子竖起身子自我介绍道。

"你也看清楚了，我是只地道的鸟儿，叫雷鸟。"飞来的雪球也快乐地说："我们的颜色是这么相同，让我们成为朋友吧。"

冬天过去了，春天也过去了，到了夏天，雷鸟忽然记起在风雪中结交的朋友来。它从远方飞回冬天待过的地方，四处打听老朋友雪兔。一只全身棕色的兔子，从草丛中一蹦而出，说道：

"喂，喂，你是谁呀，找我干什么？"

"别拿我开心了，你不是雪兔，"雷鸟摇头说："雪兔浑身纯白，哪像你这么深棕色呢？你不是冒名顶替吗？要知道，我是它的朋友雷鸟呀。"

"嘻，嘻，"轮到兔子咧开三瓣唇笑了，说："你才冒名顶替呢，滑稽的鸟儿，雷鸟和我相处了大半个冬天，它的羽毛比雪还白，你却一身褐色，肯定不是雷鸟。"

兔子打算跑开，又停下来，眼珠子骨碌碌地转了转，接着说：

"慢，我还得向你解释解释，我呢，自然是雪兔，冬天有雪白的长绒毛，经春天和夏天的阳光一晒，我的毛色变了，变得同周围草木一般的颜色，要不，为什么人们又称我'变色兔'呢？我的毛色随季节的变化而变化，完全是为了适应形势，保护自己的安全呀。"

"哈哈，我也正是如此，到秋天我还会变成跟草木一般的灰色呢，"雷鸟大笑起来，说，"我们都有这个特征，这种变化的颜色叫保护色，看来，我们是老朋友一点不假啊。"

这对儿冬天的朋友，就这样亲热地重逢了。

杜鹃诗人

杜鹃诗人新出了一部诗集。它自筹经费举办一次研讨会，以扩大影响。杜鹃忙碌起来，专程拜访老友鹦鹉——诗评界的权威——请它主持此次盛会，鹦鹉爽快地应允。至于邀谁参加，它们便认真商讨起来。鹦鹉推荐了评论界新秀百灵博士和云雀硕士，说它们见解新颖，有创见。杜鹃连连摇头，说道：

"百灵和云雀，名不见经传，毕竟嫩了点，还是孔雀和猫头鹰妥当。"

"往常，你不是很看不起它们的吗？"鹦鹉反问："说什么孔雀徒有其表，不学无术；猫头鹰倚老卖老，净闭着眼睛说瞎话。今天，你怎么偏偏又要邀请它们？"

杜鹃诗人叹了一声，说："哎，谁叫它们资格老，名气又越来越大呢？其实，你我也心知肚明，这就是如今游戏的潜规则呀。"

杜鹃招数

黄莺的歌声风靡了大树林。杜鹃听了，总觉得不顺耳。杜鹃的资格老，又是个小头目，它常训斥黄莺不该"哗众取宠"。

这天，听说音乐大师琴鸟要来巡视，听听哪个林子的鸟儿最会唱歌。杜鹃闻讯，连夜找黄莺布置任务：第二天一上班便开唱，叫它停就停。第二天上午，琴鸟在林子上空不断盘旋，认真倾听，最后评价道："歌声太美了！"一直在下面察看着的杜鹃，忙对黄莺叫了声"停"，自己便一冲而起，谦卑地对琴鸟说：

"大师，鄙鸟献丑了，请多指教。"

琴鸟边飞，边勉励、赞扬一番，才尽兴而满意地归去。

杜鹃从此名闻遐迩，谁不夸它是音乐天才？

只是，对杜鹃的建筑技能，鸟儿们似有非议。

不久，鹰总管来了个突击检查，考查属下们的建巢水平。鹰总管莅临，杜鹃胸有成竹，将上司带往大树枝头，远远指点着巢儿说：

"总管大人，您瞧，那是我建的小屋子，哎呀呀，费了九牛二虎之力呢。可黄莺也太不地道了，偏偏占了我的窝，我也就高姿态，让它住下了。只是，不好意思，我只得让它兼喂我的小宝贝啦。"

雄鹰锐利的目光，发觉巢里有几只肥壮的绒毛杜鹃仔，还看见小杜鹃刁蛮地把小黄莺拱出巢边，推落地下。鹰总管并不糊涂，它沉思了一会儿，开言道：

"两家的仔儿都在一个窝里，这巢是谁所建，我确有怀疑。这样吧，你既然本事高超，就立马衔几根枯枝，搭个大架子给我看看。"

杜鹃一听，魂飞魄散，灰溜溜地闪翅一歪，一头插进了远处的灌木丛中，半天不敢露脸儿。老鹰深有所感地叹息道：

"什么会唱呀，会建巢呀，那不都是黄莺的本领吗？杜鹃冒领别人的功劳，又恬不知耻地标榜自己，这不正是一切不学无术者常用的招数吗？"

饿死的小鹰

高高的山峰上，白云缭绕的悬崖边，有个大石洞，洞口新搬来了一对老鹰夫妇。洞里的一只老蝙蝠，也就成了它们的近邻。不久，老鹰夫妇独生子出世了。鹰爸爸说："这可是个宝贝疙瘩，非得给它吃好住好不可。"鹰妈妈接话道："那是当然的，谁叫我们是与众不同的鸟儿呢？"

小鹰在百般呵护下一天天长大，逐渐羽毛丰满。老蝙蝠看在眼里，忍不住进言道：

"高邻，以前这里也住过一对老鹰夫妻，它们的宝宝羽毛刚长齐，就带它去练飞学捕食了，你们也该训练小鹰了吧？"

"不急，不急，"鹰夫妇同时说，"到时它自然什么都会的。"

小鹰享受着最好的待遇，它胖得有些臃肿了。这天，趁父母不在，它歪歪斜斜地飞了出去。小家伙毕竟有一颗好奇的心，它也想去独立谋生，去探求世界的奥秘啊！

老鹰夫妻惊惶地四处寻找宝贝儿子。三天以后，才从村庄边的一棵古树上，发现了饿得断了气的小鹰。它们悲痛不已，悔恨地说道：

"哎，我们当初为什么不听蝙蝠的忠告呢？"

这可不是凭空瞎编，生物学家们早就发现过这类饿死的小鹰！

蜂鸟战山鹰

凶猛的山鹰是鸟中的霸王，它不断地捕捉、啄食各种小鸟，鸟儿们只要瞥见那可怕的身影，便吓得四散命。偏偏有一种鸟儿，并不把山鹰放在眼里。这种鸟儿名叫蜂鸟，身子小巧，比蜜蜂大不了多少，它们的羽毛绚丽多彩，常常飞舞在花丛中，伸出细嘴在花蕊中吸吮花蜜。

老鹰发现了花朵上的小不点儿。蜂鸟们平静的模样，毫不在乎的神态，使它大为震怒，便一掠而下，张口便将一只蜂鸟吞进了肚里。其它蜂鸟一见同伴遭殃，全都激忿极了，像无数复仇的子弹，一齐射向施暴者的双眼。山鹰哪里防到这一手？它虽然拼命扑打、闪避，但小勇士们灵敏而顽强，纷纷用针尖似的嘴，狠刺鹰的两只眼球。

这只曾经威风十足的老鹰，从云空中俯冲下来的瞬间还是个了不起的角色，可是，当它飞蹿逃离时已成了一只瞎眼山鹰。它总算领略到了蜂鸟的厉害！

歌手鹰王

鸟中之王的雄鹰，对唱歌发生了浓厚的兴趣，它想当一名业余歌手。这当然是件好事。试想，以鹰的嗓门和底气，在蓝空里发出悠扬嘹亮的歌声，那将会令多少听众倾倒羡煞！

不妨先练练嗓子，唱一支试试？于是，特传百灵鸟来把关。敬业的百灵，乍一听便摇头，鹰王顿时瞪圆了双眼。百灵鸟唬得连"拜拜"都忘了说，一闪翅溜开了。

鹰王只好找黄莺小姐来评点。好脾气的黄莺耐着性子听完，犹豫一阵之后，轻声开言道：

"还不怎么成调，依我看……"

"你说什么？"鹰一声怒喝，几乎把娇小的歌唱家吓晕倒……

鹦鹉闻声上门对雄鹰说：

"大王，您真不愧是鸟中豪杰，禽类明君，黄莺之流纯属胡说八道。老天作证，鸟国中就属您鹰大王的歌唱得最好，那真是美妙绝伦。我已让我的儿子专修'鹰歌'，日夜学唱您独特的曲调儿……"

老鹰听罢心花怒放，从此以超一流的歌手自居。它在长空里旁若无人地放歌，而那些稍有音乐细胞的鸟儿听了，无不为那唱走了调的歌声暗暗发笑。

黑天鹅

天然湖畔岸边的芦苇丛中，有只癞蛤蟆在大发议论，咄咄逼人地说道：

"一提到天鹅，自然是洁白如玉的高雅形象。可如今，大伙瞧，那游动的家伙，浑身似黑炭，还自称为天鹅，真是太可笑了！"

"可它确是一只天鹅，一只黑天鹅呢。"一只歇翅的大雁反驳道。

"天鹅只能是雪白的，这黑东西肯定是个冒名顶替的家伙。"癞蛤蟆坚持道："我要揭穿它的真面目，它是一个骗子，大伙千万不要放过它呀！"

说话间，黑天鹅一展翅，飞入到了高高的云空里。大雁对癞蛤蟆说：

"你瞧瞧那天鹅飞行的姿态，你还有什么话可说？"

"反正我不承认它是天鹅，"癞蛤蟆边往石头下边钻，边说道，"我看，它只不过是一只黑乌鸦而已。"

"以为将别人贬得一钱不值，就能提高你的身价吗？"大雁毫不客气地说，"黑天鹅毕竟是美丽的天鹅，而你仍然只不过是一只癞蛤蟆罢了。"

两只画眉鸟

画眉鸟唱歌远近闻名，谁听了画眉唱歌都会想：它们准有一副温柔敦厚的好脾性。有一位少年，听见两只笼子里的画眉都唱得悠扬悦耳，便冒出一个念头：将两只鸟儿放在一只笼子里，那将是一次别有风味的二重表演唱。少年立即动手，将一只画眉塞进了另一只画眉待的笼子里。

没想到这两位歌手一见面就如临大敌，它们二话不说，闪电式地扑打起来，各自动用尖嘴利爪，凶狠地朝要害部位下手，不是想啄破对方聪明的脑袋，就是要撕裂敌手优美的歌喉。

少年目瞪口呆，后悔莫及，大声叫道：

"这么会唱歌的画眉，难道就这样不相容吗？"

黄莺和鹰

有一次，练飞的鹰和学唱的黄莺偶然碰在一起。黄莺关切地问道：

"鹰啊，你听到过乌鸦、斑鸠等鸟儿对你的议论吗？"

"没有。"鹰摇摇头说，"我很少留心。"

"它们说你蹿得太高，冲得过猛，尽想出风头。"

"哦，是这样？"鹰笑了，霍然间记起了什么，说道，"那天，我偶然听见它们评论你，说你唱得妖声怪气，是为了哗众取宠。"

"那么，你飞低飞慢些，我也少唱些算了。"黄莺儿心中纠结，沮丧地提议道。

"恰恰相反！"鹰勉励道，"如果因为听了乌鸦、斑鸠的这类话而畏惧不前，我们就别想有作为有出息啦！"

鹰说罢，一振翅插入了蓝天，比往时飞得更矫健更迅疾。黄莺深受鼓舞，它长长地吐了一口闷气，接着便唱起一串儿新曲。歌声悠扬悦耳，连从上空掠过的鹰听了，也禁不住发出阵阵喝彩声。

鸡妈鹅娘

小公鸡正在长羽毛，鸡妈妈对儿子的期待比天高。邻家的鹅仔初练翅，鹅娘暗地里使狠劲。

鸡大妈常窥探邻院鹅老娘，心想：我的儿子一定要比它的儿子强。当面却对母鹅说："还是你有主意，最近让鹅儿拜鸽子为师，有出息，有出息！"

"哦，去玩玩罢了。"鹅妈妈故做平淡地说，"我倒听说，小公鸡已进孔雀办的舞蹈班，一位舞蹈明星将要升起来了！"

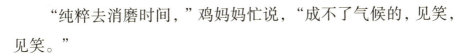

"纯粹去消磨时间,"鸡妈妈忙说,"成不了气候的,见笑,见笑。"

暗地里,鸡妈和鹅娘对儿子的培训抓得更紧啦。

鹅娘亲自领儿子上山岭,要鹅仔往山下撒翅,准备让它将来一飞冲天,成为禽类的"飞行状元"。小鹅落地时常摔得嘴啃泥,浑身带伤,痛苦不堪。

小公鸡的命运也好不到哪里去。为了使儿子比凤鸟还绚丽,鸡大妈花大价钱,收购了孔雀、锦鸡、鹦鹉、翠鸟等的五彩缤纷的羽毛;把儿子身上原有的毛,拔下一根,再粘贴上一根新羽毛。小公鸡"喔喔"哭叫,母鸡说:

"不许闹,再疼也要顶住。有了世上最美的舞衣,再练出卓美的舞姿,你才能胜过凤鸟,超越小鹅,闻名天下!"

如此这般折腾,简直没完没了。在一个大雨天里,逃亡出来的两个小家伙意外地相逢了,它们几乎都不敢相认。

一个在泥水中一瘸一拐地蹒跚,变为了跛脚鹅;一个浑身羽毛被雨水冲洗干净,成了瘦骨伶仃的秃毛鸡!

吉祥鸟孔雀

各地来的鸟儿们汇聚在一起,举行联欢盛会。有只鸟儿最招眼,它就是孔雀。小翠鸟止不住赞叹道:

"你的羽毛色彩斑斓,真是罕见啊!"

"你的扮妆也很漂亮呀。"孔雀说，"而你捕鱼的本领，我更是望尘莫及的。"

"传说中有凤凰。孔雀，你就是凤凰的化身吧？"嗓门清亮的黄莺说。

孔雀羞涩地说："见笑了，怎么能拿我和凤凰相提并论？凤凰的歌是迷人的，我不会唱，倒是你黄莺的歌才动听呢。"

平日颇为矜持的雄鹰开口道："孔雀呀，当你撑开尾屏跳舞时，舞姿是那么地优美，我们都不能不服呀！"

"其实，尾屏也变成了我的累赘，"孔雀叹道，"有了它我飞不高。你老鹰搏击长空，见到你翱翔苍穹的英姿，我真是打心眼儿里钦羡不已哟。"

孔雀在大伙的盛赞下，不仅没有飘飘然，反而当众剖析自己，承认本身的不足，肯定其它鸟的长处，鸟儿们就更喜爱它了。听说人类要求有一只象征吉祥的鸟，鸟儿们就一致推选了孔雀。

娇小鸭

鸭妈妈可疼爱小鸭了啦，小宝贝扇着小翅膀要什么，鸭妈妈没有不依的。

"妈妈，我要啄鲜虾，吃活鱼，吞田螺……"小鸭子点了"食谱"，鸭妈妈立即忙得团团转。要是动作稍慢一点，小鸭子便发脾气，在地上打滚。鸭妈妈每次都哄呀劝的，直到把好吃的食物送进小鸭子口中，才肯收场。

绒毛小鸭逐渐长大，妈妈焦虑地说："宝宝，我带你去游水吧。"小鸭子摇着头说："不干，我要同小公鸡、小兔子上山玩。"鸭妈妈百依百顺，只好由它。

过了些日子，鸭妈妈实在看不过眼，又劝道：

"乖孩子，你别老往垃圾堆里跑，太脏了，我带你到清水里去洗澡，还教你如何在羽毛上搽油。"

"呷呷，我不去，我不去。"小鸭子回答着，摇摇摆摆地踩着污泥，同小公鸡、小兔子"捉迷藏"去了。这天，它又同小公鸡、小兔子在溪边"捉迷藏"。小鸭子的双眼被茅草叶扎了，它"呷呷"叫着四处乱啄，想一口衔住一个小伙伴，没想到一脚踏空，"咚"的掉进溪水里。

小鸭子顿时慌了神儿，两只脚乱蹬，可哪管用？它羽毛上沾的污垢太多，身子直往下沉。鹅大叔闻声赶到，等到把小鸭子捞起来时，可怜的小鸭子已灌了一肚子水！

吃了大苦头之后，鸭妈妈和小鸭子都变了：第二天一早，鸭妈妈开始严格训练小鸭子游水；而小鸭子也老老实实地学，不久便游得很出色了。

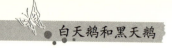

可爱的卡西亚

秘鲁国有一种鸟儿，名叫卡西亚。这天，有只卡西亚飞落到一棵高大的甜柳树上，用尖利的嘴"咔嚓"几下就折下了一支柳条儿。它叼起来刚要飞走，被一只画眉鸟碰见。画眉鸟竖着眉毛说：

"难怪许多树枝儿被折断，原来是你干的勾当，这太不像话了。"

卡西亚衔着柳条，无法出声，急急地飞开了。

过了几天，画眉在另一棵更大的甜柳树上，又撞见了卡西亚。卡西亚正在折枝条儿，见画眉发怒，它忙说："我是想……"

"不管你怎么想，"画眉怒气冲冲地打断道，"你一直在捣乱，我可不能放过你！"

画眉唤来喜鹊、杜鹃、黄莺等鸟儿，一齐去找卡西亚算账。谁知，寻到卡西亚时，见到的却是一幅景象：只见卡西亚将柳枝粗的一端，用嘴使劲插入泥土中；用脚把根部泥土踩紧，顺势叮啄几片柳树叶。在它身旁，是一片初长成的甜柳林。

"啊！"鸟儿们又惊又喜又惭愧，高声说，"你是在偷偷做好事呀。"

卡西亚快乐地回答道："是的，等甜柳树长大后，大伙又有了新的游玩地，我呢，就有更多的甜柳叶充饥啦。"

巨鹞和鹞子

枝头上一只身体异常庞大的鹞子，盛气凌人地对一只刚飞落的鹞鹰嚷道：

"你见过画眉、孔雀、鸬鹚、猫头鹰这些鸟儿吗？"

"当然见过。"新来的鹞子答道。

"哼，反正全是一帮没用的废物。"

"何以见得？"

"灌木丛里的画眉，压根儿不会跳舞；草地上的孔雀，丝毫不会唱歌；鸬鹚在沙滩处，走路的样子笨拙可笑；而躲在树荫里的猫头鹰，更是大白天睡懒觉。哎，我见到的鸟儿们，没有一个争气的。"

"我不同意你的看法。"鹞鹰叫道，"画眉不会跳舞，它的歌却美妙动听；孔雀虽不善唱歌，跳舞则首屈一指；鸬鹚在岸上走得难看，但潜入水中能抓大鱼；猫头鹰白天抱头大睡，夜里却往田里捕鼠。你为什么看不到它们的长处呢？"

"你胡说八道，你！"巨鹞鹰气得浑身发抖。

"哈，那么，你就留在这儿专揭别人的短吧，少陪了！"鹞子一展翅飞向了蓝天。

身子庞大的鹞子——那只缠挂在枝头上的纸鹞，仍然瞪着双眼，"噼哩啪啦"地大发议论，贬低这只或那只鸟儿。

鸬鹚和白鹅

鱼鹰和白鹅结伴到树林子里去作客。小刺猬远远地见了，对老刺猬说：

"妈妈，那穿大白衣裳的，肯定是大名鼎鼎的鱼鹰了。瞧它，多神气、多威风啊！让我也学一下它走路的模样吧。"

"千万不要这样。"刺猬妈妈连忙制止道，接着耐心地解释，"那衣着朴实，稳重谦和的正是有本领的鱼鹰——它也叫鸬鹚。鱼鹰在水中身手非凡，能捕捉到不少大鱼；而鹅在水里，只能啄到小鱼、小虾。不过你看，白鹅走路总是高昂着头，傲气十足地叫着'我、我、我'。孩子，你多学学鱼鹰吧，可不要沾染上鹅的目空一切的坏毛病！"

麻雀生鹅蛋

一大群鸟儿团团围住一只小鸟——麻雀。它们在热烈地讨论着，个个争着发表意见。为首的白头翁郑重其事的再次强调：

"这件事儿再也拖延不得，这是第几次讨论了？第五次啦。伙伴们，我们今天非让麻雀生出鹅蛋来不可！"

"咕咕，一点也不错，"斑鸠道，"家禽中有鹅生出大蛋，为什么我们的麻雀就不能生出鹅那样的蛋来？"

"加油呀，麻雀，你不能辜负大家的期望。"巧嘴巧舌的八哥拼命打气道，"你不生出大大的蛋来，会把我们这帮鸟儿的脸丢尽的！"

"我们就是要让麻雀生的蛋，压倒鹅生的蛋，让家禽们个个都灰溜溜的。"啄木鸟用锥子嘴"笃笃"地敲响树皮，大声说，"麻雀呀，成败在此一举，我们的命运就由你决定啦。快，树干上有个大洞，那便是我的家，你进去立即把蛋生出来吧！"

"快呀，快去生呀！"画眉鸟催促道。

"你生了鹅那样的蛋出来，我们给你开庆功会！"喜鹊高声喊道。

见麻雀十分为难的样子，白鹭晃了晃脑袋，用商量的口吻对大伙说：

"我看，也不能逼得太紧了，再宽限一天好了，明天此刻，我们聚集此处，到时再欣赏麻雀生出的大蛋如何？"

大伙一致表示同意。

到了第二天规定的时间，鸟儿们全到了，许多家禽也被邀到了树下。鸟儿们有的叼着鲜花，有的衔着彩带，它们今天非得隆重庆贺一番不可，不仅要在家禽面前大肆炫耀，还要让走兽们也大吃一惊。

枝丫间果然搁着一个又大又圆的蛋，比鹅蛋还要大的蛋，麻雀小心地守候在旁边。鸟儿们乐开了花，树下的家禽们也投以惊

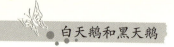

喜的目光。

正在这时，一只小翠鸟上前，想用尖尖的嘴抚摸一下蛋壳，谁知"啪"的一声响，爆炸了！原来是麻雀捡来的一只小小的白色气球！

夜莺和猫头鹰

深夜里，池塘边。青蛙高声对枝头夜莺说：

"夜莺小姐，昨儿清晨听百灵鸟说，它半醒半睡时听了你的歌，觉得最后一小段曲调唱得不够和谐，要我转告一声。"

"哦，谢谢你们的关心。"夜莺爽朗地说道。

"依我看，"同一棵大树上的猫头鹰赶紧插话，"你唱得太软，没有半点儿气魄。"

"是吗？"夜莺恳切地回答，"我得好好想一想。"

青蛙接着说："猫头鹰先生，鸟儿评论你的歌，说是单调又生硬，有时还走调哩。"

"胡说八道！"猫头鹰发怒道，"那些鸟儿懂个啥？哼，连我的歌也挑剔起来！难道我唱得比夜莺还差？它们真是太没有欣赏水平了！"

一枚臭蛋

孵蛋母鸡离巢啄食去了。留在窝里温热的鸡蛋们，趁此空隙议论起来。有只蛋憧憬地说道：

"我愿成为小母鸡，长大后也可以孵出小鸡，带鸡仔们四处玩耍。"

"我也是，我也是。"另几个蛋热烈地响应。

"我呀，要当小公鸡，"有只蛋自负地说，"等到成了大雄鸡，我就高声'喔喔'啼。"

其它的蛋显出羡慕的神色。这时，一只红头绿身的苍蝇"嗡"地直扑这枚蛋的身上。这枚蛋更得意起来，夸口道：

"瞧见了吗？我的粉丝已找上门来了！哼，以后只要我呼唤，日头就爬出东山顶；我若不叫唤，太阳便出不来。你们啦，谁也甭想到青草地上游玩……"

说话间，一只接一只的红头绿身苍蝇纷纷赶到，落到了这枚蛋的身上。正巧农家主妇走近，苍蝇们一哄而散。农妇捡起这枚蛋，叹息道：

"哎，这可是一枚有了裂痕的臭蛋啊，难怪招惹来讨厌的苍蝇呢！"

说毕，顺手将臭蛋扔进了垃圾堆里。

鹦鹉下访

鹦鹉大员管理着一片山林、村落，是位风云鸟物。一日，它率领着斑鸠、八哥、喜鹊等随员，访问鸟众。一行鸟们来到了寻常百姓家——燕巢。燕子一家在室外屋檐上，接待来亲民的大官，不禁有些受宠若惊。

"燕子大妈，你家有几口鸟？"大员偏着头，亲切地询问。

"我们两口子，加上四个娃娃，共六只鸟。"燕子妈妈一点也不紧张了，流畅地答道。

……

大眼瞪小眼，没了下文。

八哥秘书急得张了张嘴，想提示，又打住。

冷场，空气似乎也被冻僵了！

院里枝头上的一只信鸽，见此情景，忍不住发表感慨道：

"身为一方大员，怎么竟如此无法同鸟民沟通呢？平日在鹰大王跟前，它可是伶牙俐齿，问答声不绝于耳的呀！"

鱼鹰和白鹭

鱼鹰在江水深处拼搏，忙得不可开交。江边浅滩上，白鹭追逐、叮啄小鱼、小虾。吃饱之后，用一只脚撑稳全身，大声取笑鸬鹚道："贪婪的黑大个啊，为了口腹之利，真不要命啦？"

鸬鹚从水里叼出了一尾大鱼。鹭鸶更加放肆地嘲笑开了："嘻嘻，果然硕果独享哟！"

正在此时，一张竹筏飞快驶近，鱼鹰将衔着的大鱼，小心送到了鱼翁手中。白鹭见此情景，不觉浑身一战，赶紧闭住了嘴巴。

云雀攻博

云雀成天在空中飞来飞去，苦练嗓子。这天，它飞落到小溪边饮水，意外地遇见了以前的两位朋友，云雀惊喜不已。再一细瞧，只见身高体大的丹顶鹤和孔雀，头上都戴有耀眼的博士帽。原来，已从政的丹顶鹤和下海了的孔雀，早获博士头衔，这天相约到优美的小溪旁合影留念，乍一碰见过去的老友，都显得很高兴。心直口快的丹顶鹤，挺着胸脯，高声嚷道：

"云雀老弟，你这鬼家伙，到底躲到哪儿去了啊？怎么好长

日子连影子都找不到呢？"

"我在忙着攻博呀。"云雀回答。"什么，还在忙这个？"金圆集团董事长孔雀，撒开缀有无数金钱的尾屏，很不以为然地问，

"你的'音乐博士'学位，现在还没有弄到手？"丹顶鹤追问。

"没有，没有。"云雀连连摇头说，"不容易，不容易呀。"

高山的最高长官丹顶鹤山长哈哈大笑，说道：

"当初，我们共同起步时，我就力劝你青云直上，到白云政府找把交椅坐坐，你一笑置之，照样埋头钻研什么乐理，哈哈，今天，你该明白其中的奥妙了吧？"

见云雀眨巴着小眼睛还在发愣，丹顶鹤山长和孔雀董事长，不禁同时叹道：

"书呆子，十足的书呆子啊！"

找蜜鸟和野蜂

非洲境内有许多野蜂在旷野安家。一天，一只鸟儿跟踪采蜜归来的蜂们，来到了洞口，它左瞅右瞄之后，赞颂道：

"你们勤劳又勇敢，创造的生活多么甜美欢乐！"

野蜂们对鸟儿产生了好感，邀它进家里做客。那鸟儿恭敬地婉言谢绝，急急飞开了。

大约过了两个时辰，意外地赶来了一只獾。獾二话不说，向地下蜂巢发动猛烈进攻，很快挖开了巢房，并放开肚皮吞蜜汁，嚼蜂卵，将蜂房搅得乱七八糟。愤怒的蜂们拼命蜇獾，可獾身上有又硬又厚的皮毛，它全不在乎。野蜂们簇拥着蜂王，痛苦地撤离了，抛弃了这个曾经无比温暖的家。

引来獾，并潜伏在一旁的鸟儿，此刻一闪翅冲到獾跟前，忙着叮啄蜂蜡——它平生最爱吃的佳肴。獾肚子胀鼓鼓地趴在地上，夸奖鸟儿道：

"你真是名不虚传的'找蜜鸟'呀。"

"嘿，还是你的本事大，"寻蜜的探子讨好地说："不是你挖开蜂房，我哪能尝到美味的蜂蜡？"

过了两天，这只巧嘴的找蜜鸟，又出现在另一窝野蜂大门前。新的一幕又开始重演……

筑巢比赛

鸟类中开展建巢比赛，啄木鸟负责此项活动。在规定的时间内，建出新颖美观的房子，那可不是一件容易的事儿。啄木鸟来回巡视。发现缝叶莺在埋头苦干；而喜鹊叼回一根枯枝，在啄木鸟面前露露面；衔来另一根枯枝，又亮亮相……

缝叶莺已竣工，在枝头唱歌跳舞了。再看看喜鹊，枝丫间才架起了小半间巢房。啄木鸟见比赛规定的时间快过了，心想：

"喜鹊老是这么荡来晃去，好像表演似的，这是干嘛？"

正在思索间，见缝叶莺在向自己招翅。啄木鸟飞过去一观察，嗬，缝叶莺已经用细藤线将一片大树叶的边，整整齐齐地缝合停当，留下一个漂亮的出口——好一座精巧的住房！回头再瞅瞅喜鹊的建筑，乱七八糟的才建到一半。

比赛结束后，裁判员啄木鸟很有感触，它大声总结道：

"缝叶莺玩也玩了，活儿也干好了，我真是打心眼儿里赏识它。至于喜鹊，喜欢表现却不务实，浪费了时间又没有成果，看来，还得好好向缝叶莺学习啊。"

最聪明的鸟儿

一棵大树上，有只画眉鸟在纵情歌唱，歌声悠扬悦耳。一天，飞来一只黄莺。黄莺婉转啼鸣，声音甜美清亮。两只鸟儿唱着，唱着，几天之后，画眉鸟突然闭上了嘴，不再发出任何声响。

不久，飞来一只百灵鸟。百灵鸟纵情欢唱，优美的歌声，在枝叶间飘荡。

一天，两天，三天……终于有一日，黄莺也紧紧地闭上了嘴巴。

如今，只有百灵鸟在独自歌唱了。

百灵鸟唱着，唱着，几天后，脑子里突然闪过一个念头，顿时像明白了什么。它也停止了歌唱，注视着画眉和黄莺，平静而关切地问：

"你们怎么都不出声了呢？"

画眉和黄莺，都不好意思地摇了摇头。画眉羞涩地说："我没有你们那么会唱啊。"黄莺也不好意思地表白，"你唱得比我好多了。"

百灵鸟诚挚地说道：

"你们的歌都有自己的特色，都非常动听的呀。"

画眉和黄莺一听，便鼓起勇气唱了起来。百灵鸟乐了，它又开怀高歌。于是，歌声此起彼伏，林间似乎奏起了激动人心的交响曲。

一只老啄木鸟，情不自禁地用锥子嘴连连敲响树干，大声评论道：

"俗话说得好，'聪明的鸟儿会唱歌'。而最聪明的鸟儿，就是能带动其它的鸟儿一起来唱啊！"

琴鸟扬名

琴鸟最爱唱歌，它能唱出种种清新的曲调，宛若优美悦耳的琴声。但鸟儿们并不买账，它们议论纷纷，说长道短，甚至冷嘲热讽。山雀说：

"实在不敢恭维，我可听不出半点儿'琴'味儿来。"

"比它唱得好的鸟儿，多得像天上的星星。"雉鸡同意地点头道。

鸵鸟冷笑一声，鄙夷地说："琴鸟要张口唱什么的话，我一是不听，二是不看，把脑袋塞进沙层里避开，只拿屁股对着它。"

琴鸟找不到知音，连会唱歌的相思鸟、黄莺等歌手，也说琴鸟的歌平淡无奇，没有艺术价值。为此，琴鸟颇有几分苦闷。

不料，有一天时来运转。只因博学的白象，向神圣的麒麟推荐了琴鸟。麒麟请来琴鸟一唱，大为欣赏，当场授予琴鸟"凤凰吟歌手"的称号。当绿宝石雕刻的奖品送往鸟的世界时，鸟儿们顿时轰动起来了。

相思鸟飞近琴鸟说："久已仰慕大名，令我思念得好苦。"黄莺伴着琴鸟形影不离，逢鸟便宣扬说，"琴鸟是我们鸟类歌手的骄傲。"山雀自告奋勇，当了义务传达兼秘书，因为来讨教的粉丝太多。至于雉鸡，则蹲在草丛里赶写长篇论文，题目是：《琴鸟——天才的歌者》。

琴鸟闻名遐迩，声震鸟界，但它心里却有说不出的滋味。它想，为什么麒麟一奖赏我，我就变得身价百倍？正当陷入新的苦恼的时刻，由驼鸟领队，有数十种鸟儿组成的祝贺团，已浩浩荡荡地出现在琴鸟面前。不等驼鸟唱出赞美诗，琴鸟突然冒火了，它带着哭腔喊道：

"驼鸟先生，如今，我倒宁愿你把屁股对着我哇！"

第二辑
狮子和大雕

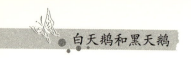

熊猫和竹鼠

别看熊猫憨头憨脑的样子，它知道自己有"国宝"之称，身份高贵。而最令它自负的是，竟然以竹枝为食。在茫茫大竹林里，两团黑黑的大眼眶，像戴着一副大墨镜，常常神气十足地摇来晃去。这天，见到一小黑团抱在一竹杆上，国宝熊猫有心露一手，便说："小家伙，看我吃午餐。"便折下几根竹枝，像牛啃草似的嚼了起来。谁知，回头一见，吓了一大跳。那玩意儿张开嘴，"咔嚓咔嚓"声不断，将竹杆啃啮了一大块。

"啊呀，如此硬的竹质，你比兔子吃草还快当呀？"熊猫惊叹不已，轻声问："你叫啥？"

"我叫竹鼠，以竹为食。"

从此，熊猫再也不敢小觑其它小动物了。

巴儿狗评熊猫

国宝熊猫路过一豪华小区之后，顿时引起了轰动。有只雪白的京巴狗，过了几日，突然形象大变。巴儿狗竖着身子，迈着稳重的八字步，走近波斯猫，用不屑的口吻说道：

"熊猫，那算啥玩意儿，还捞上个'国宝'美名哩。它到处招遥撞骗，熊样，连你猫都不如，越瞧越恶心！汪汪，我看，它还不是沾了你'猫'字的光？"

波斯猫仔细端详了对方好一阵，才疑惑地开口问：

"朋友，你真是老邻居京巴？眼眶四周和身上弄几个大黑团，哦，太像那个国宝了！"

"我嘛，刚从美容院出来。"巴儿有几分尴尬地说："汪，剪毛啦，染色啦，真是活受罪，汪汪，还花了我大把的钱哩，心疼死了！"

"喵，谁叫你化妆成熊猫的样子呢？"猫儿答道："你口头上大肆贬斥熊猫，骨子里却羡慕得要命，就像那些抨击特权又追求特权的人一个样，老兄，这可不妙啊，不妙！"

班马和野牛布阵

云雀时常在天空飞翔，它能看到许多发生在地面的新奇事儿。

一天，云雀见几头狮子追逐着一群斑马。眼看要接近了，斑马蓦地停下，迅速布出一个圆圈阵。狮子们冲上前，刚触及圆阵，就有一只只强劲的后蹄踢了过来，重重地砸在狮子的脑袋和身上。狮子们吼声震天，却无可奈何。它们吃了大亏，灰溜溜地撤退了。

云雀非常欣赏斑马的战术，它即兴编了一支小曲儿，在空中欢唱起来：

斑马阵，真厉害，

头朝里，尾向外，

条条后腿如铁拐，

揍得恶狮嘴巴歪！

第二日，云雀正在蓝天唱歌，却发现几只猛狮紧追着一群野牛。距离越来越近，野牛们"呼啦"一声散开，形成了一个大圆圈。可是，它们一个个头朝外，尾向里。云雀急坏了，飞来飞去喊道：

"你们站错了，快，重来，像斑马那样，头向里，尾对外！"

野牛们虽然听到了，却不加理睬，镇定地屹立着不动。

一队大雁在牛阵上空飞动，听了云雀的呼喊，那只领头雁制止道：

"云雀，别瞎叫了，野牛这样布阵是有道理的。"

说话间，饥饿的狮子都张牙舞爪，凶狠地扑向野牛。野牛们肩并肩，一齐舞动头上的锐角，迎击挑衅者。进攻的狮子，被角尖挑得头破血流，狼狈不堪，夹起尾巴逃窜了。云雀长长嘘了一口气，它一边赶着雁队，一边自我解嘲地说：

"嚯，野牛站的位置，虽然与斑马相反，倒也挺顶用哩。"

头雁"嘎嘎"地笑了，响亮地答道：

"它们为了发挥自己的本领，站的位置确实不同，不过，它们的精神都极为可贵。那就是：在强敌面前，正如我们雁队展示的一样，完完全全团结得像'一'个'人'！"

斑马和鳄鱼

一群斑马游过小河，惊动了一条老鳄鱼。鳄鱼紧紧地追逐着一匹体弱的斑马。斑马在激流中使尽力气，直朝对岸游去。

"别慌，慢点儿，"鳄鱼张开口大喊，"我来帮你。"

"不要，不要，"斑马回答，"我自己游，就要靠岸了。"

"你已经累坏了，我不能眼睁睁看着你吃亏。"鳄鱼边加快速度边说，"哪怕我自己淹死，也要驮你上岸。"

斑马拼命挣扎，半点儿也不敢松懈。它的两只前蹄已踩稳石头了，只要再加把劲，就能跃至岸上。后面的鳄鱼此刻猛力一冲，一口便咬住了斑马的一条后腿，斑马还来不及发出最后的哀号，就被拖进了河底，水面顿时冒出了鲜红的血水。

岸边岩石上的一只老翠鸟对身旁的儿子说：

"你亲眼看见了，在危难中一心要置对方于死地的角色，往往会发出最动听的声音呢！"

豹的花招

杰出的凤鸟新当上兽类和禽类王国的国王，大多臣民都热诚拥戴。自然，也有一股暗流涌动，花豹就是其中的首领。

凤鸟上任伊始，便严令兽、鸟要遵守公德，不容贪赃枉法、胡作非为，同时，还采取了严厉的打击行动。

平时作威作福的豹总管，不敢明目张胆地对抗，便挖空心思地动脑筋想主意。它在自己管辖的山头，很快发出了通告：

"本长官秉承凤王旨意，不再搞特殊化，山猪肉、黄猄肉等等，不需天天供应；而山雀原来每月补助的十粒松籽，野兔三天救济的一个胡萝卜，同时一律取消！"

这一来，躲在洞里的花豹总督，什么鲜肉美味，并不缺少一丁儿，可是，却苦了一群小百姓。

"哎，我的松籽更不够吃了。"山雀哀叹道。

"少了胡萝卜，填不饱肚子啊。"兔子接着诉苦。

"同伴们，"枝头上的一只老猫头鹰，目光炯炯，声音尖厉地说，"花豹玩的这一招，真是够阴损的了。它故意减少你们的一些基本福利，却打着'廉洁政治需要'的美丽招牌，可鄙呀！"

"这到底为什么呢？"山雀迷惘不解地追问。

猫头鹰解释道："很简单啊，它是为了转移目标，挑动大家对凤王不满,从而护住自己浑身的金钱、权势! 要不,怎么叫它'金钱豹'呢?"

蝙蝠劝鹰

一座白云缭绕的山顶上有个大石洞,洞里住着一只年长的蝙蝠。崖边洞口有鹰的巢。老鹰抚育的雏鹰,羽毛已逐渐丰满。

这是一个雾蒙蒙的早晨,蝙蝠特地找到雄鹰,关切地问道:

"鹰呵,看架式,你今天打算让小鹰试飞?"

"没错。"雄鹰目光炯炯地回答。

"好邻居,请你听从我的忠告。"蝙蝠道,"小鹰要练翅,可往石洞里去扑闪,里面万无一失,我的后辈都是这么学会飞行的。"

"不过,我们是鹰,有我们自己的练飞法。"雄鹰说着,用右翅轻轻拨动悬崖边的小鹰。

蝙蝠大惊失色,急忙阻挡道:

"千万不要这样,小鹰若掉下去,下面是万丈深渊,它会摔得粉身碎骨的。让它快进洞里去吧!"

"谢谢你的好意,请让一让。"雄鹰坚定地说罢,就用力将小鹰推到了空中。

幼鹰奋力地展开了两翅,竟在云雾中扑扇起来了,它发出了激动的尖啸。

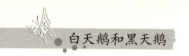

老蝙蝠吓坏了，它一撒翅，掠进了黑黝黝的深洞里。

雄鹰瞧着儿子拼搏的身姿，开心地笑了。

蝙蝠上年画

蝙蝠又要上画了，而且是位大画家画的新年画。喜讯传开，动物们奔走相告。它们说：

"'蝠'即'福'也，吉祥，有意思。蝙蝠越来越有出息，我们感到自豪！"

可是，有个声音由小到大，越来越响，网络上则有铺天盖地的信息：

"蝙蝠素来名声不好，时而兽，时而鸟，是典型的两面派。"

"蝙蝠与'四害'为首的老鼠，是同样一副脸孔，可憎可恶，它们不是亲兄弟也是堂兄弟，绝对不能入画，更不能提拔升官。"

"它'吱吱'的声音，同老鼠没有两样，唱同一个调子，完全是一路货！"

还刷出了标语："蝙蝠是黑暗动物！""严惩害人的飞老鼠！"……

一时闹得沸沸扬扬，不可开交。

安全官猫头鹰派燕子警员深入调查，一查真相大白：谣言的源头和传播，全出自"四害"之一的蚊子！

蝙蝠是蚊子的天敌，它一直默默的在夜色中追捕坏蛋——蚊虫。

你说，大画家怎能不激情挥毫，在年画中留下蝙蝠可敬的形象？

藏獒和君子兰

一只平日威猛的藏獒，这天对花盆中的君子兰诉苦道："糟糕，我要倒大霉啦！"

君子兰疑惑地问："主人将你视若珍宝，你身价不菲，前途无量啊！"

藏獒道："问题正在这儿，主人花几百万元将我买回，如今突然身价一落千丈，听说，明儿就要送我进屠宰场啦！"

君子兰伤感地说："可悲呀，盲目的人们啊，怎么净干这些不着边际的事呢？当年，有人发疯似的用高价将我们抢购回家。可眨眼之间，我们又变得一钱不值，不少人因此而倾家荡产哩。"

"你毕竟还活着呐，我却是一命难保了！"藏獒甩动着铁链子哭喊道。

长颈鹿风格

树上的八哥对长颈鹿说："朋友，我听到兽们对你有议论，你知道吗？"

长颈鹿不在意地摇摇头，继续啃枝头的树叶子。

"它们说你从不虚心听别人的意见，是不是有这么回事？"八哥追问。

"要我埋头听意见？"长颈鹿高昂头颅，皱眉说道，"那么，它们为何不低头听听我的意见呢？"

长颈鹿和大象

森林里两只大动物相遇，它们互相打量一阵之后，有一位首先开口道：

"大象先生，如果你能丢掉那古怪的长鼻子，就称得上一位标准的美男子啦。"

大象也坦率地说："长颈鹿小姐，你的脖子太长，一点儿也不匀称，很不美观。要是大大缩短，将比梅花鹿小姐还俊俏、秀丽。"

"笑话，亏你想得出！"长颈鹿小姐冷笑道，"我要缩短脖子，那就是傻大姐。到时，我岂不瞅着高枝上的嫩叶干瞪眼吗？"

"哼，我也不会蠢得去掉长鼻子的。"大象气咻咻地回敬道，"我全凭这鼻子吸水、取食品、搬重物哩！"

话不投机，彼此不再理会，各自回头走自己的路。尽管有别人看不上眼的地方，然而它们深深懂得，这正是自己必须坚定保持的、万不可少的优势！

宠物狗栽了

有只宠物狗才华出众。瞧，它穿衣戴帽，竖着身子，两只后腿走路，两条前腿像双手似的抄在胸前，姿态优雅，一摇一摆地傍在主人身边。路人见了，无不诧异惊叹，赞美之声不绝于耳：

"哇，俨然是个小人儿嘛！"

"成精了，这哪儿是狗啊？"

"……"

宠物狗的活动在网上疯传，它很快名闻遐迩。从此它飘飘然，以小小人儿自居。

一天傍晚，它到村边走动，忽见跟前有团小物体在移动。它发怒道："什么玩意儿，竟敢挡老子的道？"说着，用一条后腿狠狠踢去。没想到，它顿时扑倒在刺球儿身上。

宠物狗挨了刺猬的刺，要不是主人闻"汪汪"的求救声赶来抢救，宠物狗恐怕连小命儿也难保了。

大象、狼和狐狸

大象大踏步地往村庄走去。狼和狐狸偷偷摸摸地跟在大象后头。大象身高体大，用它当掩护，以便干一些自己的勾当。眼看大象进了村，狼和狐暗自高兴，正要纵身朝前闯，谁知大象突然掉转身子，放开四条腿往村外急奔，震得地皮一阵阵抖动。

"快跑呀！"狼低吼一声，随即拼命地逃蹿。

"赶紧溜呀！"狐狸惊叫着，跟在狼的后面。

好一阵工夫，直跑到河边大象才收住脚。狼和狐也停了下来气喘吁吁地嚷道：

"好险，好险，幸亏逃得快。"

此时，大象才发现了它们，诧异地问：

"你们从村子里跑出来的？怎么如此惊慌失措？

狼道："我曾咬死过村里的五头羊。"

狐狸说："我一共偷过村民的八只鸡。"

狼和狐齐声打听，那么，"你踩死过村里的几个人？"

"我可没干过亏心事，"大象说，"我倒是帮村里人在路上喷洒过水，还搬运过木头。"

"哎哟哟，那你为什么这样紧张地逃跑？"

大象淡淡地说："因为我觉得天气太热，急着想跳进河水洗个澡呀。"

反鼠展览

村东大院的花猫在村子里遇见了村西大院的黄狗。花猫问：

"狗兄，我们院里正开展一场轰轰烈烈的'反鼠展览'活动，怎么不见你大驾光临？"

"好像听说有这么回事，可我不感兴趣。"黄狗回答。

"你这就不对了。"花猫明显地露出了不满。接着，滔滔不绝地宣传开了，说，"这场展览，是我老猫多日奋战的成果。嚯，整个儿弄出了三大窝巨鼠，摆出的赃物、罪证，真是触目惊心哪。什么熏鱼、腊肉、香肠；什么咬烂的绸衣、毛裤、丝袜；什么带血的鸡毛、嚼碎的鸭骨，应有尽有，鼠们的斑斑劣迹，一览无余！这次展览引来无数参观者，人人无不为之咂舌，个个义愤填膺！我呢，荣幸获得'反鼠英雄'的光荣称号，由老黄牛亲自颁奖。你去瞧瞧，保你大开眼界……噢，你们大院的猫干得怎样？"

"我们大院没有猫。"

"那么，老鼠岂不翻了天，为所欲为了？"

"老鼠嘛，出现一只，逮一只。"

"谁抓老鼠，你？"花猫诧异地追问。

"不错，正是在下。"

"哼，真是狗咬耗子，多管闲事。"花猫表情复杂，掉头走

开时还甩下了一句话："你永远也别想当'反鼠英雄'！"

狗熊的委派

长官狗熊派黄鼠狼管鸡，派狐狸管兔子，派猴子管桃林，派野猪管红薯地……

一天傍晚，枝头的猫头鹰上门劝阻道："晚间我捕田鼠，许多事儿见多了。我看你还是收手吧。"

狗熊不满地反驳："你懂什么？甭干预老子的事务！"

猫头鹰"嘿嘿"冷笑道："瞒谁也瞒不了我。哼，只要是你熊瞎子派出的角色，管哪儿，哪儿都得倒大霉！"

狗熊丢官

狗熊虽参加过多次竞选，当官的路途也颇为坎坷。果林局长当了些时日，升副县令的野心不死，眼看愿望将实现，不料滥用职权谋私利的事被揭发，反而挨处分，被降了职，被贬到宾馆当了馆长。馆长有职有权，它也干得有滋有味，各方面拉关系，准备东山再起。

这天，狒狒记者外出采访，正巧路过"天上兽间"大门口，见宾馆狗熊馆长在等待贵宾。狗熊一见狒狒，便一把揪住，呵呵笑道：

"乖乖，不请自到。快，到楼上'销魂间'就坐，花豹总督即将莅临，你当陪客！"

"对不起，对不起，"狒狒忙推辞，"后山林子起火，我正赶去采访，少陪，失礼！"

过了两天，狒狒记者又匆匆路过"天上兽间"门前，却见大胖狗熊蹲在台阶下，抱头"呜呜"痛哭。狒狒十分诧异，上前询问道：

"馆长，你近来春风得意，今天何事如此伤心？"

"甭提什么'长'不'长'了，我连饭碗都被砸啦！"狗熊扬起脸说罢，又大哭起来。

"你前天招待豹总督，不是还好好儿的吗？"

"哎，坏就坏在接待这件事上。"狗熊用毛茸茸的掌子，边抹着眼泪边说："上级三令五申不许摆豪华筵席，我见是豹大人，便用了娃娃鱼、穿山甲、天鹅等名贵菜肴。好家伙，在森林网上曝光了，上司也来查了。刚才，纠察队刺猬队长当众宣布上峰决定，说是要来个'釜底抽薪'，把我给开除啦！听说，豹总督也出事啦！"

"嚯，原来如此。"富于正义感的狒狒记者说，"你们也太胆大妄为了，你这官丢得好啊！"

狗熊混迹官场，地道一副狗熊模样。它宦海浮沉，终至丢官，这是不言而喻的。

狐骗群虎

白虎、黄斑虎、矮脚虎、吊睛白额虎……一只接一只的老虎，住进了古树岭下的石府宾馆。举办大会的"天狐"，忙得不亦乐乎。贵宾们喜上眉梢，时不时掏出烫金的邀请函，暗自欣赏。只见上面写道：

"因天帝垂怜，特派天狐办理长期供应虎们宇宙烤肉之盛会，并组织登上云空鹊桥一游。报到即交三十万元会务费，凭单据可回原单位报销……"

简直妙不可言！第二天一早，与会者一场美梦醒来，却不见了天狐踪影。"天狐"上天了？虎们急得团团打转。飞到古树上的一只老乌鸦说：

"你们被骗了。什么'天狐'？它就是那只曾'狐假虎威'的老狐狸精哟！"

虎们全都傻眼了。它们又气又饿，没精打采地往回走。偏偏《森林报》的刺猬记者，拦住了走在最后的吊睛白额虎，采访有关宇宙烤肉的事。还不等刺猬问话落音，受访者顿时脸一沉，吊着大眼珠子吼道：

"笑话，没有的事！我们聪明盖世威风凛凛的老虎，还能上当么？"

虎王丢脸

虎王对臣民发表演讲，慷慨激昂地说道：

"我有一个典故相告。狮国有只野兔竟然不知道堂堂一国之君是谁！狮王一怒之下，便开除了兔儿的狮国国籍。我们要建设虎国，绝不容许此类怪事发生——"

"请问虎大王，你知道我是谁吗？"一个微弱的声音，从台下的一个角落传出。

虎王威严地起身走近，斜睨了一眼，不禁发怒道：

"什么破玩意儿，竟敢装神弄鬼瞎捣蛋？去你的吧！"

猛虎伸出右前掌奋力一扫，刺球儿滚动了，可虎掌上却被戳得鲜血淋漓。老虎疼得浑身打战，口里大叫"哎哟，哎哟……"

刺球儿舒展开身子，慢慢走动着，缓缓地说道：

"尊贵的虎王，若是我们有谁不知道你是君王，那自然是一种罪过。可是，你对下属从来不屑一顾，视而不见，这又该怎么说呢？噢，要是你稍微懂得我刺猬的特性，你也就不会如此当众丢丑了。"

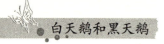

虎王和豹老板

最初，老虎在林子里的地位，同狼差不多，只是小小头目一个。豹子那时也不富裕，只不过胆子特别大。豹子想发财，它偷偷给老虎送金钱，老虎得到好处，格外照顾豹子。豹子的生意越做越大，老虎的官步步高升。

后来老虎当上了大王。林子里谁见了虎王都十分畏惧，而豹子却半点儿也不害怕。岂止不怕，有一天，还向猞猁夸口，说是让老虎马上来这棵古松下见面，它不敢不来。猞猁不信，愿拿件狐皮袄子打赌。豹老板取出手机，电话打出不到半小时，老虎骑着大象急急赶来了。猞猁吓得躲进了树洞里。只听得外边的声音："豹兄，找我何事？我正在开会哩。""嘻，来玩玩不可以吗？""可以，当然可以。"

等老虎走远后，猞猁钻出洞，乖乖取来一件狐皮袄交给了豹子。

不过，老虎的胃口越来越大，它暗地里通知豹老板，要它拿出身上四分之一的金钱。金钱豹勃然大怒，当面对虎王道：

"你也太贪了，当了大官还想当大款？"

"难道只有你小子配当大款？"老虎反唇相讥，"不是本王出大力，你还在街头摆地摊呢，将老子惹火了，让你吃不了兜着走！"

"哼，我们可是一根藤上的瓜！"金钱豹抖了抖浑身金钱，冷笑道，"你的把柄全捏在我手里，看你威风到哪里去？"

虎大王顿时像霜打的茄子——蔫了，只能眼睁睁瞅着豹老板扬长而去。

花豹和棕熊

花豹和狗熊是老相识了，这天，它们结伴在河边闲逛。河水清澈湍急，怪石起伏。花豹发表感慨道：

"河水太急了，掉下去可不是闹着玩的。"

说话间，只见激流中一条接一条的大鱼在跳跃着逆江而上。狗熊的眼里，顿时发出惊喜的光，打算扑往水里。花豹拦阻道：

"我都没这个胆量，你这头蠢熊，想干什么？"

"去抓鱼呀！"狗熊说罢，"扑通"一声跃入水中，溅起的水花，洒得豹子一身湿透。

"笨蛋，真不要命啦！"花豹气得骂骂咧咧。

棕熊眼看靠近一条大鱼，谁知脚下一滑，一个趔趄摔倒在水里，被冲下去好几丈远。花豹忍不住仰头哈哈大笑，笑得几乎喘不过气来，它边笑边嚷道：

"太有趣，太滑稽了！呵呵，不听智者言，吃亏在眼前。还想尝鱼鲜哩，让鱼们吃了你吧！"

　　狗熊在水中顽强地站稳了，用前掌擒拿，用嘴巴猛咬，刚抓住一条，谁知那鱼一甩尾巴，"啪"的一声，狠狠地抽在熊的脸上。马哈鱼溜掉了，棕熊疼得"嗷嗷"怪叫。豹子更开心了，大声喊道：

　　"还逞什么英雄？你这地道的狗熊，是在自讨苦吃，丢人现眼啊！听我老豹的话，乖乖快点回到岸上来吧，别把笑话闹大了！"

　　话还没落音，棕熊竟然牢牢地逮住了一条十来斤重的马哈鱼。它用嘴叼紧鱼头，一步步地迈动着，从水里爬到了岸边。正在此刻，只见花豹腾空而起，冲到熊的跟前，二话不说，一口咬紧马哈鱼的躯体，使劲夺了过去，顷刻间便消失得无影无踪。

花脚猫

　　仓库的物品琳琅满目，除了用的就是吃的，这里几乎成了老鼠们的天堂。猫们巡逻、护卫，一群猫儿干活挺卖劲的，可盗窃案却有增无减：一些布匹被咬烂，一些美食被偷走。

　　仓库管理员大伤脑筋，他仔细观察后发现，问题就出在花脚猫身上。花脚猫值夜班时，常闪至库外墙脚，大嚼蛋糕、腊鱼等美味。而花脚猫每次从库门走出，总是干干净净的呀，不是管理员跟踪追迹，几乎不敢相信眼前的事实！——夜色朦胧中，一只大老鼠从地洞口鬼鬼祟祟地钻出，将一截腊肉献给花脚猫，又返回洞中，而猫儿便狼吞虎咽地大快朵颐。这次被保管员逮了个正着！

证据确凿，不可饶恕，仓库保管员将花脚猫关进了铁笼子。很快，管理员又补充两只会抓老鼠的猫来值班。

猫儿们齐心合力，日夜穷追猛逮，鼠族长哀叹道：

"吱吱，没有了花脚猫的相助，我们的好日子就到头了！"

鼠们四处逃命，仓库归于安静。深有感触的管理员，在《工作日志》上写道："鼠辈捣乱并不可怕，可怕的是被老鼠收买的花脚猫之流！"

黄鼠狼管水

黄鼠狼，也称作黄鼠，又叫大眼贼。它给自己还安了个好听的名字叫：大尤。其实，倒过来一念便清楚：尤大！总而言之，这尤大化身的实为黄鼠的大尤，就这么混迹于人世间了。它还领来了自己一家子。

大尤在一著名的景区当上了管水的头目。它以黄鼠狼独有的机警和狡诈躲在暗处，眼观六路，耳听八方，若见时机闪现，冲上去捞了钱就溜！

许多人都不明大尤的底细，对这个小头领常常畏惧有加。你瞧，它的小小办公室，却挂着一幅巨照：同京城雄狮的合影。好家伙，这可震慑了不少动物！有谁若打听："您跟狮子？……"

它便作谦逊状，含糊笑曰："一般，一般，嗯，嘿嘿！"笑得别人寒毛都竖了起来！

你说，谁敢得罪它？有一日，顶头上司熊胖子来水管所检查工作，它让刺猬挡在门外，就是不让进。狗熊发火，大眼贼"哼哼"冷笑。熊上司吃了闭门羹回去一想，事儿有些不妙，但挽救还来得及，趁黄鼠还没向京城狮子告状，赶紧召集水务各方头头开会，当众评大尤为模范，职务由正科提到副处。从此"哥俩好"，狗熊和黄鼠，彼此勾肩搭背、称兄道弟，好不亲热。

别看人家坐奔驰、宝马，大尤踩一部自行车，蹬起来除了铃铛不响，到处"吱嘎吱嘎"响不停。别人加班下馆子，它到小店吃一碗素面。别人买房，它照样住在狭窄的树洞里……一些人揣测："看来，大尤快丢掉'副'字转正了。"黄鼠狼暗自得意。

却说有一回，京城一个大单位，要在这个名胜地建一大酒店。大尤照例敲诈不误。

"要供水可以，先送五百万再说。"大尤放出口风。对方却不买账，事儿顶上牛了。

越闹越大，导致大尤被查！

不查不知道，一查天下人都吓一跳！单以黄鼠狼、黄鼠、大眼贼、大尤等身份买的房子，用父母兄弟姐妹名义买的房子，一共有几十套！更加难以置信的是，在它母亲名下别墅的地下室，一下子抄查出一吨多——上亿的钱！

大尤妈及姐妹连忙召开新闻发布会，郑重声明：全部钱是已逝的大尤爸挣来的！

黄鼠爸生前干啥？鸡场医务室医生！

弥天大谎，不攻自破。那源源不断的水，变成了源源不断的钱，日夜不息，源源不断地流淌进了大尤家的地下室。管水的黄鼠狼，小小的副处官儿，受到了天下人的唾骂和嘲笑。也还有勇者，更是猛追穷寇，大声疾呼：

"同黄鼠合影的，究竟是哪头狮子？"

叫屈的猫

主人将手中的竹片挥得呼呼作响，训斥一只蜷伏着的花猫道：

"你怎么竟然咬吃小鸡仔？我非教训教训你不可！"

"你不能这样对待我啊，"猫儿叫屈道，"我整夜整夜地巡查，冒险擒拿格斗，抓捕的老鼠，少说也有百十来只了，吃个把小鸡仔又算什么？"

"嚯！你还嘴硬，你还狡辩？"主人将竹皮抽到猫屁股上，气愤地骂道，"捉了老鼠就可以吞鸡了？你这是哪门子歪理？"

花猫疼痛难忍，一跃而起，蹿过墙头，爬上屋顶，"呜呜"哀叫，控诉道：

"我为主人辛辛苦苦，他竟然抽打我，这太不公道了！"

邻舍李老汉是个好心人，听猫儿哭诉得凄凉，便上门劝主人说：

"老弟，你家的猫，是只会抓老鼠的猫，你打它就太不地

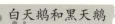

道了。"

"它昨儿晚上偷吃了一只小鸡呢，我不管它能行吗？"主人回答。

"啊，原来是这样。"李老汉点点头道，"这么说来，它不改掉这一毛病，我们邻舍也就甭想再养鸡了。"

可屋顶瓦片上，花猫"呜呜哇哇"的还闹得正起劲哩。

老虎和大象

走投无路的老虎，"扑通"一声跃进了水潭，露出半个脑袋一看，身边浮着一只大象。它转忧为喜，嚷道：

"嘿，我们这下可成为难兄难弟了。"

"难？什么难呀？"大象从鼻子里喷出一注水，不解地问。

"这不明摆着吗？"猛虎心惊肉跳地说，"我遭人们的围剿、追捕，才落得现在的下场！"

"人们为什么要对你穷追猛打？"

"我扑杀过农民的牛羊，有时还吞噬过小孩，他们自然不肯放过我。你听，喊杀声越来越近了。"

"呀，原来你尽干这类勾当，如今得到报应啦。"大象一边爬上岸，一边说道，"我平日吃的是树叶和青草，和人们的关系好着哩。天太热，我只不过下来泡个凉水澡罢了，现在，恕不奉陪了。落水的大老虎啊，你就等着老百姓来收拾吧！"

老虎怕小鸟

老虎走路威风凛凛，放开嗓门吼几声，抒发一下自己的情怀，好家伙，远近的兽们听了，无不吓得战战兢兢。空中的老鹰，也挺欣赏猛虎的雄风，常常高声夸道："老虎，太棒啦！"可是，雄鹰逐渐发觉了一桩秘密：不论天气如何酷热，老虎总是蜷伏在茅草丛中打盹儿。

有一日，艳阳高照，老鹰边低空盘桓，边大声嚷道：

"虎兄，烈日当空，草丛里闷热难当，你何不到那棵大树底下纳凉？躺在粗大的树根上，上空像撑着一把巨大的伞，微风徐徐拂来，多么舒心畅意呀！"

"我当然想去大树下小憩，"老虎抬起头，扯了个呵欠，有气没力地说，"可我不敢。"

"你害怕？怕什么？"老鹰惊诧地问。

"怕那些小鸟。"百兽之王无可奈何地说，"你不知道，我可尝够苦头了。有次我路过树下，一阵小鸟的粪便，正巧洒落我的头顶、身背，害得我的皮肤发痒、长疮、溃烂，整整半年，害得我日夜坐卧不安。你说，我还敢冒险在树根上睡大觉么？哎，还不如在这茅草丛里熬一熬吧。"

雄鹰收翅落到了大树枝头。它眼见猛虎如此惧怕自己平日最藐视的小鸟，弄得这般狼狈不堪，不觉陷入了深思。

老鼠咬猫

一只老鼠追逐着一只猫。只要猫一停，老鼠便扑上去狠咬一口，猫儿疼得"妈呀"怪叫。

"尖嘴先生，你为何如此待我？"猫急切质问。

"你吃过我给的香肠吗？嚼过我送的咸鱼吗？吞过我赠的蛋糕吗？"

"可我一直不知道你到底是谁呀？"猫怯怯地说。

"老子就叫'老鼠'，你的天敌！"

"原来你是老鼠，怎么变得这么凶猛可怕？"

"我就是要把以前的关系颠倒过来！"老鼠狰笑道，"现在我命令你，立即叼只小鸡仔来，让我鼠爷享受享受！"

猫儿俯首贴耳，乖乖去偷绒毛小鸡去了。

骑羊的猴长官

山冲的一只猴子是那里的小头目：冲长。不管怎么说，也是个带"长"字号的人物，在冲里兽们面前，威风八面，自然说一不二。猴长官深知自己是人类的原始老祖，渊源不浅，资历非凡，便不甘心于现状，常常暗自思忖："我不能老死山冲，还得冲出去，起码当个县长、市长什么的，才不致于辱没我光荣的猴的家族。"

猕猴终于从山冲出发了。它骑着一匹黑山羊，牵着一头白绵羊，踏上了求官之途。它自信智慧超群，措施得力，定能如愿以偿。它历经艰险，终于达到了兽民最高长官大象的住地。都城分外繁忙，护城河边显得格外热闹。猴子拍拍山羊的屁股，扯牢绵羊，挤了过去。它碰见一位浑身长刺的角色，便俯下头，小心翼翼地打听对方"尊姓大名"，刺球自称为"刺猬"，是兽都的平民百姓。猴冲长用斯文口吻开言道：

"我有急事，欲求见吾崇敬之极的象大王，请告我宫殿大门开在何方？"

"你要求见象王？"刺猬回答，"它常年不在宫里，它忙着哩！"

"正因为听说它辛苦繁忙，我特地从远道而来，敬献一物以表心意。"

"哟，原来是个'跑官'的！"刺猬心中叹息道，止不住好奇地问，"你送给它什么呢？"

"喏，就是此匹最老实听话的绵羊。"猕猴得意地表功道，"吾王若跨上其背脊，闭上眼睡觉也不会掉下来。"

"哈哈，哈哈，"刺猬终于忍不住仰头大笑起来，然后正告知，"你真是一只官迷心窍的蠢猴哇，你看见了什么吗？在护城河边，那庞然大物的象大王，正用鼻子把大木材从水里拖往岸上哪！"

猴冲长一惊，从羊背上跌落尘埃，结结巴巴地嘟囔道：

"果然在搬木料啊，它、它不是大、大王吗？"

"没错，是大王，"刺猬道："可它常说，'象王身份不妨碍做公民的义务'，而你呢？……"

猫和票证

一间贮藏室里，有一长条小玻璃柜，里面陈列着一排各色各样小纸票——主人珍贵的收藏。这天，巡逻的花猫来到跟前，左瞅右瞧，禁不住打听道：

"你们是些什么玩意儿，看来一钱不值哟！"

玻璃柜里顿时七嘴八舌地叫唤起来：

"我是粮票，缺了我，人们甭想吃饭！"

"谁都少不了每月四两油，我便是油票！"

"人们离得开每月半斤肉的肉票吗？"

"我布票，一年六尺……"

"我糖票，每月二两……"

"我豆腐票……"

"我肥皂票……"

"我火柴票……"

……

票们都抢着发言，争着表白。猫儿被闹得晕头转向，大吼一声"停"，接着说：

"别吵吵了！可现在，外边怎么都不见你们的踪影儿呢？"

崭新的拾斤全国通用粮票，很有涵养地解释道，"听主人自言自语：当年，这个票那个票，越发放票，物资越紧缺，后来，放开手脚让百姓生产，没多久，便让我们这些票证，统统退出历史舞台了。"

"你们不成废物了吗？又这般藏着干什么呀？"猫儿瞪大两眼问。

"人们是为了不忘历史啊！"玻璃柜里的票证们，几乎异口同声地回答道。

雄狮的表白

清晨，狮子啃着一条野牛腿，动作威武而显得气魄十足。在它背后不远处，一只鬣狗在徘徊，样子鬼头鬼脑的可疑极了。

"好一只鬣狗，"一只在空中盘桓的老雕开口道，"你总是围着狮子转，专拾取雄狮的残羹，太可悲了。"

鬣狗抬起头来，诡谲地一笑，瞟了前面的狮子一眼说，"你见我个子矮小，其貌不扬，才这么责难我的吧？"

"不管你如何狡辩，也逃不脱我犀利的目光！"座山雕自信地说，"雄狮孔武有力，威名远扬，狩猎的本领自然出类拔萃，无与伦比……"

"老雕，求你快快打住，"巨大的狮子放下嘴边的牛肉，颇为狼狈地开口道，"实话告诉你，食物是鬣狗们夜里吃剩的。我睡一晚醒来肚饿了，才寻到这儿。捡吃残物的不是别人，正是你认为了不得的狮子！你越是夸耀我而贬损鬣狗，我越是羞愧难当、无地自容啊！"

狮子和大雕

秃鹫兀立高高的山岭上，它雄据一方，威风凛凛，显得不可一世。

这天，座山雕左顾右盼之余，不觉心中一动！它犀利的目光，盯住了远处草地上的一个小点。它撒翅飞上天，俯冲朝下一瞧，果然是头雄狮。

座山雕盘桓着，对狮子喝道："你不可以这样走路的！"

"走路的姿态你也要管？"狮子迈着稳健的步伐，边走边爱理不理地回答道。

"当然要管，就该归我管！"秃鹫拍打着双翅，厉声说："你如此豪气冲天的前行，就是对我的不恭，对我的藐视，对我的挑衅！"

"嗬，嗬！"雄狮仰天大笑了，笑声如雷，震得秃鹫掉落到了草地。

"你、你……"座山雕强装镇定，晃着秃头嚷道，"像鬣狗们那样走吧，像兔子那么蹦跳也行。而且，由我规定，你的脚步不能踏出这周围十千米的地盘！"

"可耻的家伙，"雄狮咆哮着，冲了过去，训斥道，"你任意四飞，又有什么资格限定我固有的活动范围？你不守任何规则，倒要我遵守你订的潜规则？哼，痴心妄想吧！"

眼瞅雄狮发威，勇不可当，加上自己理屈词穷，无以应对，这只秃鹫便怪叫起来。

熊瞎子设宴

狗熊跑官挨了处分，只埋怨自己看走了眼。提到用眼观察事物，狗熊视力差是出了名的，它两眼高度近视，"熊瞎子"早成了它的绰号。熊瞎子乡官虽然栽了个大跟斗，但威风依旧。每当在各地巡视，总是挺胸凸肚，对谁都不大搭理。有谁同它打招呼，它"唔唔"哼两声，照样大步朝前迈。"哼，咱老熊毕竟是个一乡之长！"官架子十足。不过，若有上级官员到来，那却是另一番景象。

这一天，花豹主任和狼局长结伴而至。熊乡官欣喜过望，盛情款待，忙得不亦乐乎。弄来什么鹿脯呀，猕猴桃酒呀，海吃海喝，天南海北地闲聊。花豹说："你们林子里，大象长的两根牙齿，是挺出色的工艺品呢。"狼道："听说那粗鼻管味道特美哟。"

"这里有大象？"熊迟疑了一阵，饮了一大口酒后，说道，"嗯，好像有这么一个家伙，是吃什么的？对，吃草的，吃草的家伙好对付。你们感兴趣的话，等会儿敲下牙，各奉送一颗；象鼻子嘛，我马上吩咐手下割来作菜，重新款待你们！"

"听说大象惹不得，还是不触怒它为好。"豹子和狼同时摇头说。

"不怕，没啥，"狗熊大声嚷道，"什么'象'不'象'，最多像山羊那么肥大吧。白猿副官，立即去取象牙和象鼻子来！"

猿副官一听，吓得飞跑，躲得不知去向。豹子和狼也知道事儿不妙，赶紧起身告辞，打算溜之大吉。只有熊瞎子乡长，还使劲地挽留着上级官员，一心等白猿复命呢。

训牛的田鼠

田鼠见黄牛在荒地上啃草，大惊失色，捋着尖尖的胡须，正色开言道：

"不知羞耻的老东西啊，这般青嫩的草儿，你怎么好意思咬嚼？"

老牛抬头，定定地瞅着田鼠，为难地问道：

"依你看，我该拿什么充饥？"

"嘿，我说老牛，你真是个蠢货。"田鼠笑了起来，又一本正经地训诫道，"漫山遍野有的是黄土，够你填肚皮的啦。若要换换胃口，不妨吞咽一些石头，反正你的消化能力强，晚上可以慢慢反刍。为牛为鼠，只有一尘不染，才能流芳百世——"

"那你吃些什么？"老牛急切地打断道。

"我嘛，说来你也许不相信。"田鼠慢条斯理地说："我珍惜大自然的一草一木，任何生物都从不损坏。每天，我仅喝些草尖上的露水儿，咳，我就是这么过日子的。"

田鼠说罢，仰头张口，小心翼翼地将草尖上的一滴露珠接进了口里。当田鼠示范完毕，大摇大摆地走开后，老牛待在原地愣了好一阵，疑惑地思忖道：

"田鼠真有这么白璧无瑕？"

几天后，当老黄牛拉犁吃力地开垦荒地时，尖利的犁头插了田鼠精致宽阔的住房。在田鼠的贮藏室里，堆放着花生、黄豆、麦粒、高粱等食物。农民咒骂着，毫不手软地收拾了躲在地洞深处的田鼠。

黄牛恍然大悟，惊叹道：

"原来，标榜靠露水为生的家伙，暗地里却在享受我们用血汗换来的成果啊！"

岩羊和捕羊人

高山上的岩羊生活得自由自在。它们在峭石上跳跃、登攀，快捷而灵敏，谁想追上它们，只能是白日做梦。

一天，阳光和煦。一对岩羊夫妇正在山腰漫游，猛见山脚有两个人影。母岩羊主张立即逃离，公岩羊沉着地说："还远呐，不怕。"说话间，只见两人扑打起来。两只岩羊顿时心里一动，接着赶紧往下跳，口里咕哝道：

"他们打得多凶啊，太残酷了。"

"非把他们拉开不可！"

两个汉子见岩羊逼近，更是扭打成一团。两只岩羊一急，不顾一切地挤入两人中间，颤声劝道：

"求求你们，不要再打了——"

话还没有落音，两人一闪身，各搂紧一只羊的脖子，将捏在手里的绳索抖开，飞快地缚住了劝架者的颈项。

"哈哈，谢谢你们的美意，我们又大有收获了！"两个捕羊人得意地狂笑起来。

"可是，"两只岩羊悲愤地瞪着对手，不约而同地喊道，"你们的灵魂，却已经丧失得干干净净！"

野牛和狮子

一头非洲大野牛在啃草，一只雄狮匍匐着悄悄逼近。野牛听到了可疑的声音，猛地掉过身子，瞪圆双眼，晃动犄角，直对草丛中的狮子。雄狮狞笑道：

"你跑不了啦！"

狮子纵身扑了过来。野牛毫不畏惧，大吼一声迎面而上。狮子见一对舞动的锐角冲近，忙后退几步，站着一动不动。野牛也立稳，僵持了好一阵，它想撤离，退着挪了十多步，雄狮以为有机可乘，一跃而起；野牛立即扬角顶向狮子……

两个你来我往，反复进行拉锯战。终于，野牛被惹火了，牛脾气大作，一声怒喝"我同你拼了"，角尖便压住了狮头。狮子一见不妙，急忙四脚朝天，告饶道：

"吃草的野牛大王，我认输了，我投降！"

大野牛瞥了狮子一眼，摆了摆双角，昂头慢慢往回走。狮子趁野牛转身之际，腾空猛地从侧面扑去，一心要咬断野牛的喉管。野牛机敏地一闪，顺势用一只利角将狮子挑翻。狮子在地上翻滚哀号，大野牛冷笑道：

"吃肉的狮大王啊，搞假投降来突然袭击？嘿，我早就提防你这一招呢！"

捉狐之后

狐狸在篱笆下打洞，钻进鸡场，抓了两只肥母鸡。它拖着战利品刚从篱笆下冒出，就被巡逻的猎狗逮了个正着。狐狸被关进了拘留所，由大象审讯。狐狸为了立功，供出了老狼。

"我有一次偷了鸡，碰上了狼，为了不泄漏风声，我献给了它一只鸡。"狐狸交代道。

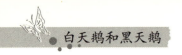

"它吃了吗？"大象问。

"是的，它当即笑纳，几口就吞进了肚里。"狐狸道，"说来也凑巧，第二天天不亮，我见它溜进了羊圈窃羊。它发觉了我，撕下一条羊腿，为的是封住我的嘴。"

羊圈事件有了线索。大象将老狼传来审查。老狼见势不妙，只得乖乖认账，还坦白说自己撞见狗熊捕杀过梅花鹿。大象抓来狗熊问口供。狗熊沉默了半晌，才开口道：

"老狼送过我几只羊，我回赠过它一头鹿。不过，我也撞见过花豹追杀小牛……"

一连串的案件都有了头绪。只是还来不及派员去传唤花豹，那精明的豹子已闻风而逃，拥着一身金钱潜往异国他乡去了。

总裁金钱豹

大森林公司的总裁是金钱豹。这天，总公司财会室会计梅花鹿小姐慌慌张张冲进办公室报告：

"总裁，总裁，大事不好了！"

"急什么，慢慢说。"刚从国外旅游归来的金钱豹，不慌不忙地说。

"我只能长话短说，我们大公司只剩下了两个钱币，呶，全在这里，公司马上得宣布破产啦！"

"破产就让它破好了，无所谓的啦。"豹总裁淡淡一笑，说道。

　　"你当然无所谓！"梅花鹿激动起来，忿忿地说，"你一年几千万的年薪，我们职工却没有几个子儿，我们以后怎么活？"

　　"好办，不是还有两个子儿吗？好，一个归你，一个属我。"金钱豹总裁取过一个钱币往身上一放，然后抖了抖浑身的金钱，扬长而去。

第三辑

绝不咬钓

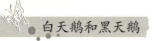

阿谀的蝉

大树枝头有一只蝉和一只麻雀。知了扯开嗓门，对麻雀喊道；

"雀小姐，你的歌声太迷人了，全世界有谁比你唱得更好呢？我知道，我全知道，当然属你唱得最为出色啦！"

"谢谢，谢谢！"麻雀兴奋地说："知了先生，你知识渊博，天下事无所不知，无所不晓，所以才被称为'知了'。其实，你的歌声高昂洪亮，称得上第一流的歌唱家啊！"

"知呀，我全知呀！"蝉更加激动起来，用尽全力嚷道，"你刚才唱的'唧喳咏叹调'，超过了舒伯特、莫扎特和肖邦之流的《小夜曲》，太有创意了，太打动人心了，真是百听不厌哩！知呀，我知呀，许多会唱的鸟儿哪比得上你哟，比如百灵呀，画眉呀，黄——"

"莺"字尚未吐出口，正巧此时，一只黄莺飞落枝头。知了口锋顿时一转，激昂地呼叫道：

"知呀，我全知呀，果然是歌者之王的黄莺小姐驾临啦！你准备开森林演唱会吧？你的演唱将感动全世界，名垂青史呢！知呀，我自告奋勇，愿当你的演出经纪人呀……"

可偏偏黄莺不爱听这一套，它挥挥翅膀，一声不响地飞走了。

蝉儿自讨没趣，声音也戛然而止。

只有麻雀仍在枝头跳跃着，欢唱着，自我陶醉在比《小夜曲》还美妙的"唧喳"歌声里。

爱剪尾巴的螃蟹

大象把浮在江边的大树干，一根接一根地往岸上拖，忙得不可开交。

有只螃蟹爬上岸来，它一来一回地瞅着大象，不觉瞪起两个眼珠子，喷吐着唾沫叫道：

"这还了得？别的角色长一条尾巴，已经是糟糕透顶。你老小子竟然两头都晃动尾巴，真是标新立异，狂妄到了极点！更不能容忍的是，还用一条又粗又长的尾巴运木头，大肆卖弄，大出风头。两根无耻的尾巴，全都翘上了天！"

"横行的家伙，甭突着眼珠子说瞎话了！"一只青蛙毫不客气地高声说道，"大象有一条尾巴碍你什么事？再说，它用来搬运木材的，压根儿就不是尾巴……"

"住嘴！"螃蟹扬着一对大螯，气势汹汹地打断道，"你为什么袒护它，准是留恋你那失去了的尾巴，所以要帮有尾巴的家伙说话。哼，什么'象'不象，我马上把它的两条尾巴全剪掉，让它真正有点'象'样！"

螃蟹爬过去就要动剪子。

不料，被象的"尾巴"——长鼻子拖过的木头一滚，就把螃蟹压得喊爹叫妈。幸亏腿脚多溜得快，才保住了一条小命儿。但它原来像兔子一般的身材就被压瘪，落了个扁身子，便是螃蟹如今的模样。

苍蝇虎

一只大头金蝇，额头宽阔，浑身闪发亮绿的金色光泽。它总爱在水边自照，常常自诩地道：

"好一副官相啊，我的官，肯定会越做越大呀！"

这大块头苍蝇，也叫红头金蝇。红头虽说如今官儿挺小，但派头挺大。它飞到哪里，哪怕刚从粪坑里爬出，也要揩脸抹手擦脚，摆弄好一阵子。

"嗯，嗯，"红头官腔十足，虎虎生威地说，"老虎嘛，也算不了什么！哼，我只不过额头上少了个'王'字罢咧。可那大虫哪能跟我比？它有翅膀吗？它能飞吗？嗡嗡，哈哈！"

因此，它堂而皇之地给自己取了个绰号，曰："苍蝇虎"。苍蝇虎这天对蜜蜂说：

"你们的蜂房，拟做娱乐园，你们要为大局考虑，另找栖息之地好了。"

不管蜜蜂同意不同意，苍蝇虎指挥麻蝇、黑蝇和绿蝇等，直往蜂巢泼脏物、传病菌，逼得蜂王率众逃亡。苍蝇虎坐享其成，不仅捞到精美的高级别墅，还享有吃不完的香蜜。

苍蝇虎风流潇洒，野花丛中那些花枝招展的蝴蝶，大多成了它的情人。最小官儿的红头，淫威一发不可收拾。这一天，这只苍蝇虎喊住一只忙碌觅食的蚂蚁说：

"呔，小蚂蚁，这一带要征用，你们快快搬家！"

小蚁民听了，如晴天霹雳，哀告道：

"我们长久安家在此，叫我们到哪儿去？"

"这我不管！"红头苍蝇虎"嗡嗡"地下着最后通牒说："等会儿，我就派家蝇、市蝇开推土机来，平了你们的蚁冢，看你们——"

"红头金蝇，不用逞凶，这回你跑不掉了！"插话的是威灵显赫的螳螂。螳螂怒喝着，挥动两把犀利的大刀，直朝颤抖的、曾经不可一世的苍蝇虎劈去……

河老虎

山洪爆发，一条像鲇鱼似的鱼儿卷入了一口鱼塘。在大塘里，此鱼四处游动，晃着肉肉的胡须，对鱼虾们宣称：

"我是新来的巡查大员，有何不平之事，你们尽管找我申诉。"

说来也怪，凡是在此鱼面前现身的鱼，瞬间便不见了踪影。大员常常得意地宣称：

"瞧，如今草鱼不敢胡乱啃水草，鲤鱼不再在水面瞎翻腾，

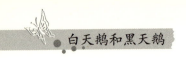

连虾子也老实多了……"

这天，此鱼瞅见一只肥虾在塘底缓缓移动，冲上去一口便吞入嘴里；而锋利的鱼钩，已牢牢钩住了它宽阔的上唇！此鱼拼命挣扎，怒叫道：

"我是巡查大员，我——"

"你是专吃鱼虾的河老虎！"韧劲十足的鱼丝，一边将"大员"拖出水面一边驳斥道，"我们要收拾的，正是你这种家伙！"

被放生的老蛙

法警将没收来的一袋又一袋青蛙摆在塘边，特邀来的新闻记者们，镜头对准了逐一打开的袋口。"咚咚，咚咚"，青蛙们纷纷跃入水塘中，情景颇为热闹。

最后，还剩下一只老蛙一动不动，像块石头似的蹲在岸上。法警惊奇地问："放生了，怎么还不逃呀？"

"甭折腾我们啦，还是让我少受点罪吧。"老青蛙央告道，"我这是第三次被放生了。闻讯藏在附近的人们，正拿着网兜和篓子，单等你们一离开，就争着捕获我们送往菜市去哩！"

黄蜂驾到

黄蜂自命为安全长官，专负责蜜蜂的门卫安全。因此，它要经常去巡逻、检查。每当黄蜂驾到，就会"嗡嗡"呼叫：

"注意安全保卫，守稳大门，防止坏蛋袭击！……"

一边呐喊报警，一边飞快地擒拿一只又一只蜜蜂，躲在附近草丛，一只又一只地吞吃掉。黄蜂来巡逻一次，门前飞动的小蜜蜂就会减少一大批。蜜蜂中流传一句话：

"天不怕，地不怕，就怕黄蜂来巡查！"

金蜗牛

金蜗牛不是指金子铸成的蜗牛，而是一只活蜗牛给自己取的外号。

这一天风和日丽，这只蜗牛爬到了墙头。它通体舒畅，虽看不清农家大院的情景，却听到传来的各种声响。

"是那些追逐打闹的鸡们么？"蜗牛晃着细软的触角，很不以为然地说，"个个俗气十足，典型的小市民气习，哼，我连看都不愿多看它们一眼。"

"嗯，是看家狗的响动。"蜗牛歪着头自得地说，"这小子只配钻墙脚的狗洞，它能立到我这儿——墙头来吗？"

"狗为什么要上墙头呢？"飞落身边的一只信鸽插话道，"它四处巡查，护卫大院的平安，这就了不得呀。"

"没什么了不起的，狗永远达不到我的高度。我宁肯关门自个儿在家吟诗，也从来都懒得理睬它。"蜗牛撇撇嘴说。

"那老水牛是你的本家，你们总该和睦相处吧？"

一阵阵"哞哞"的牛叫声响起，蜗牛止不住呵呵大笑，摇头摆脑地对鸽子说：

"我们牛家最没出息的，就数水牛了！瞧它住的牛栏，四面透风，破敝不堪。瞅瞅我的住房，精巧牢实，我到哪儿就把房子带到哪儿。好了，别再跟我提这门穷亲戚了，这个不中用的家伙，把我们牛族的脸都丢光了哟！"

"难道你就是那位以金子自居的蜗牛？"信鸽似有所悟，忙问。

"一点不假，屹立在你跟前的正是我金蜗牛。"

"'金蜗牛'名字倒是满好听的哩，"信鸽讥讽地说道，"可你这厚厚硬壳包装的，却是一颗狂妄得远离实际和大众的心啊！"

金鱼入小溪

一天，红色的水泡眼金鱼特地来到小溪里观光。它在水草间游行，晃动宽阔的腹鳍、尾鳍，舞蹈似的，分外显眼，顿时吸引了许多鱼儿。一尾鲮鱼问它从哪里来，金鱼说："从玻璃鱼缸。"见大伙迷惑不解的神情，金鱼解释道：

"玻璃缸是什么？是聪明的人制作的美丽的大瓶子，通体透明，里面盛水，还有注氧设备，主人按时投入美食。人们都赏识我，赞颂我。"

"请问，您的名字是？"一尾鲫鱼好奇地问。

"我叫'金鱼'，金子是人世间最看重的宝物，因此封我为'金鱼'。听主人讲述，人是由猴子进化的。我金鱼呢？嘿，是由鲫鱼进化的。你们这儿有鲫鱼吗？"

鲫鱼一听此言，身子立刻似乎缩短了三分，它在大家奇异目光的注视下，不知往哪儿躲藏才好。金鱼的身份是如此之高贵，一尾鲤鱼游近小心地打听：

"尊贵的金鱼先生，您有哪些本领，能赐教一二吗？"

"哦，我会吃，"金鱼张大嘴巴，毫不迟疑地说，"不仅准时吃，还要吃得好。怎么，到开餐的时候了，还不拿美味来招待我么？"

鱼儿们全都愣住了。片刻才醒悟过来，嘻笑着，活泼泼地四散游开——它们也感到肚子饿了。

"吃，我要吃！"金鱼瞪着大水泡眼，在原处不断地叫嚷。

鲫鱼觉得它太丢脸，悄悄叼上一条小水虫，投进金鱼的口中，接着说道：

"金鱼兄弟，别丢丑了，趁早回你的玻璃缸里去吧！"

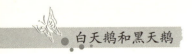

金鱼滋味

这是宫廷中饲养的金鱼，条条出类拔萃，都是世上罕见的品种。一缸子金鱼，奇形怪状，五颜六色，交相辉映。每当它们出现在人们的眼前，便招来惊喜的目光，热烈的喝彩。不用说，这些金鱼是十分自豪的，它们游得更加欢畅，更加潇洒。金鱼们盼望的一天终于到来，皇太后传来懿旨：命总管太监捧金鱼缸觐见。

金鱼们欣喜若狂，它们翩翩起舞，各逞奇才，各呈异彩，博得了太后开心的一笑。金鱼们觉得，自己已身价百倍，马上会名扬四海。正当它们沉醉在梦幻般快乐之中时，只听得太后轻轻一声口谕："炒来。"

珍贵的金鱼们还没有来得及弄明白是怎么回事，立即成了御膳房的一道新菜。当金盘盛着佳肴献往太后面前时，皇太后指着炒金鱼，命贴身宫女挟一条尝了尝，淡淡地说：

"这道菜要花几千两银子？嗯，其实，味道也不过如此。"

绝不咬钓

鱼篓中有一尾红鲤鱼，一尾青鲫鱼。两尾鱼痛苦地扭动着身躯，却不忘互相指责。

红鲤恨恨地说："蠢鲫鱼啊，你曾向我发誓绝不咬钓，怎么落到这般下场？"

"彼此，彼此，"青鲫反唇相讥，"你一再宣称'绝不咬钓'，号召大伙做水中自由的灵魂，可你比我还早一步进这鬼地方，噢，我真的瞧不起你！"

"你充什么英雄？"鲤鱼冷笑道，"'绝不咬钓'，是你的口头禅，你以此为题，到处演讲，博得过满堂喝彩。哎，谁知你竟如此贪图香饵，自取灭亡，只能让鱼们笑掉大牙！"

"你太不争气了！"鲫鱼用青色的尾巴，抽击红鲤的腰身，气愤地说，"你这个败类，我非得教训你不可！看你还咬不咬钓！"

"死不要脸的东西，你哪有资格管我？"红鲤鱼反扑。

青、红两色鱼儿正扭打得不可开交，"嗖"的一声，从篓子口扔下了一只甲鱼。

"甲鱼老师，您怎么大驾光临了？"两只鱼儿异口同声地惊呼。

老鳖瞪圆眼珠子痛骂："两个大混蛋，要你们'绝不咬钓'，你们把我的教导当耳边风啦？"

"那么，老师，您自己——"

"我咬钓了吗？"甲鱼伸长颈子四处张望一下，然后喃喃地说，"嗯嗯，我是连饵带钩都吞进肚子里去了，钓鱼丝已被扯断了。"

"真不愧是老师啊！"鲤鱼和鲫鱼心里一齐发喊，可嘴里不敢出声。

大胆甲鱼

小溪转弯处是潭深水，水里生活着各种鱼儿。锋利的钓钩，常挂着诱饵，在水中飘忽下定。鱼儿们吃的亏多了，它们互相提醒，彼比告诫：千万不要动那可疑的美味！

这一天，有只甲鱼出现，它张口就要吞吃诱饵，一条草鱼冲上前拦住道：

"快打住，使不得！"

"你要抢吃？"老鳖警惕地瞪大了双眼。

"我不吃，希望你也不要动嘴。"

"嚯，蠢家伙，大草包，你不知道这是一截蚯蚓吗？罕见的山珍哪，送到嘴边来了，不吃白不吃，快闪开，不然老子对你不客气！"

"还是听从草鱼的劝告吧。"一尾鲫鱼也游近好言相告，"我曾亲眼目睹好些贪吃的鱼虾被钓走。"

"那是活该！"甲鱼把脖子伸得长长的，自命不凡地晃动着脑袋说：“没有特殊本事，就不要乱来。可我是谁？你们瞧，浑身披着钢铁般的袍甲。而我一旦吞下食物，头一缩，藏进厚甲里，嘿嘿，天王老子对我也无可奈何！”

老鳖说着，像示范表演似的，一口就紧紧地咬住了香饵，立即把头缩进了厚甲里，打算沉落水底慢慢享用。只是，那根坚韧透明的鱼丝，却毫不留情地拖出了它的颈脖，奋力往上提，“呼啦”一声响，就把甲鱼拉出了水面。鲫鱼看了眼前这惊心动魄的一幕，止不住感叹道：

“哎，自持有钢盔铁甲护身，毫无顾忌，胆大妄为，只能失败得更加迅速而彻底啊！

老鲤鱼的经验

河岸上蹲着的老青蛙，见水中有条大鲤鱼在开心的游来游去，便发问道：

“朋友，我常常看见，一尾尾鱼儿被人弄上岸，扔进鱼篓，永离河水；而你却悠闲自在，其乐无穷，这里有什么奥妙吗？”

“有，自然有的。”老鲤将嘴巴露出水面，爽朗地答道，“我清楚，钓钩上的诱饵美妙无比，但我敬而远之，绝不靠近。”

“哈哈哈”青蛙仰天笑道，“这不就是所谓‘明哲保身’吗？胆小啊！”

“大胆去咬钓，只能进竹篓！”大鲤鱼反驳。

老青蛙收住了笑，点点头，郑重地说：

"你的经验是可贵的，顶呱呱！我明白了：谁能坚强地克制哪怕一丝贪欲，谁的一生就能过得快乐自由！"

钻腹鱼

长相奇特的钻腹鱼，有一个特别膨胀的圆肚子。它生活在巴西的喀西斯河。钻腹鱼生性贪吃。

这一天，一条大钻腹鱼在河里横冲直闯，大口吞吃各种小鱼。歇在河底的一只老蚌，发出警告道：

"你这么霸道，又如此贪心，总有一天要吃大亏的！"

"去你的！"钻腹鱼恨不得一口吞掉对方，只是无从下嘴，才恼恨地骂道，"呆头笨脑的东西，你真是喝河水管得宽！"

前头又有鱼群游动，大钻腹鱼猛冲上前，一连几口，把一条条铁钉似的小鱼吞进了肚里。大钻腹鱼快活地荡来晃去，老蚌见了吃惊地喊：

"槽糕，你咽下小钻腹鱼了！"

"那又怎么样？"大钻腹鱼回答，"我觉得味道还不错嘛。"

话才落音，大钻腹鱼突然发疯似的在水中翻滚。只过了一会儿，从那庞大的圆肚皮中，钻出了一条条铁钉似的鱼——身子狭长细小、头上长着尖硬刺骨的鱼。这些小钻腹鱼，把大鱼的肚皮戳穿后，又成群结队的游开了。重创后的大鱼，颤抖着浮到了水面，很快断了气。

"真是可悲的一幕！"老蚌叹道，"正是这条鱼小的时候，也刺穿过大钻腹鱼的肚皮，如今，轮到自己的肚皮被钻穿了。哎，无节制的贪婪，才导至这类这类悲剧重演啊。"

鱼为饵丧

大头鱼痛感于鱼众的上当吃亏，特别召集鲤鱼、鲫鱼、鲢鱼、草鱼等鱼儿，进行防饵训练。它寻来一小截软软的枝条，衔在口里，从水面垂直向下喷吐出，然后大喝："散开，快散开，诱饵来了！"众鱼闻汛，纷纷四散，反复训练多次，效果极佳。大头鱼满意地对鱼儿们说：

"这诱饵是一段蚯蚓，或一只蛆虫等等，那可是最要命的玩意儿。但是，只要我们提高警惕，一经发觉就急急撤离，根本不理会它，它也就无能为力了。"

话音才落，水面轻轻"咕咚"一声，一件扭动着的物体慢悠悠地往下沉。大头鱼厉声喝道："快撤，赶紧撤！"可是，鱼儿们仿佛没听见，一齐争着上前，张开嘴巴猛抢。还是鲫鱼身子灵巧，一闪而上叼住了美味，而同时也被拉出了水面。

当鱼儿们惊魂稍定的时候，大头鱼再次把大伙召拢，痛心疾首地训诫道：

"叫你们不要靠近，为什么偏偏当作耳边水响声？这下倒好，

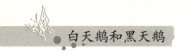

鲫鱼就将小命儿搭上了！"

"你说的道理是对的！"一尾活泼的赤眼鲮游近指挥员悄悄地说，"可是，这饵食散发的香气，太富有吸引力啦。而且……而且我还发现，在鲫鱼吞饵的一刹那，你不是也凑近也张大了嘴巴吗？"

鱼儿弄掉浮标后

大河里，一尾又一尾的鱼儿被拉出了水面。有条精明透顶的大鲤鱼，绕着鱼丝考察了老半天，终于发现了一个大秘密，它连忙找来鱼友们商议，首先发表意见道：

"每当水面浮标一颤动，下面的鱼儿准遭殃。我们非除掉这通风报讯的家伙不可，只有这样，才能保障大伙平安无事。"

真是个绝妙的主意！

一尾小鲮鱼自告奋勇，它跳出水面，衔紧浮标，用力一扯，竟将浮标弄下来了。鱼们一阵欢呼，个个开心极了。鲤鱼见万事大吉，不紧不慢，将水底鱼饵叼进了嘴里。可嘴角立即被挂牢，不管如何挣扎，都脱身不得。它怒骂道：

"上当了，上当了！除掉了该死的浮标，我怎仍然吃大苦头呢？"

被拉成弯弓的鱼竿，喘着气回答道：

"去掉浮标，并不意味着你们寻到了保险的途径。只要你们贪婪之心不改，一旦咬上鱼饵，我照样会把你拖上岸来！"

小海龟奔大海

小海龟钻破了壳，拨开沙粒，出现在海滩上。它定了定神，便慢慢地开始爬动。一只喜鹊飞近关心地问：

"小海龟，你刚出生吧？"

"是的，"小家伙喘了一口气，快乐地说，"我仿佛见太阳妈妈伸出了双臂，便从硬壳里冲出，拱开了沙层。嗬，世界真大呀！"

"世界美极了。"喜鹊对小海龟说，"附近就有一座迷人的花园，有绿茵茵的树，五颜六色的花，悠扬悦耳的歌声，快，快跟我去分享欢乐吧。"

小海龟默不作声，坚定地朝原来的方向爬去，只是加快了步伐。

"呀，别犯傻了，海里的凶险太大，快往回爬呀！"喜鹊焦虑地喊道。

"我决不会回头。"小海龟昂起头，稚声稚气而又倔强无比地说，"因为，我已经隐隐地听见了涛声，大海，正是我追求的梦中乐园啊！"

螃蟹和泥鳅

水稻田里，螃蟹和泥鳅是经常见面的邻居。两个家伙都自认为本领高强，均不把对方放在眼里。这一天，螃蟹站在田埂上，居高临下，瞪着一对眼珠子，舞动两把大螯，对水中的泥鳅说：

"伙计，你能上岸来玩吗？哈，肯定是不行的。"

"你耍什么威风！"泥鳅说，"你手脚虽然多，动作却慢吞吞；你下水来同我比一比，看谁游得快？"

"哼，游快一点算得了什么，要比就比谁的力气大。"螃蟹说着，跳下田，用两把大螯当剪刀，"嚓嚓"地一连剪下了几兜嫩绿的禾苗。

泥鳅不服气，在田泥中钻进钻出，得意地说：

"还是比打通田埂的本领吧，我能很快钻个洞，让田水悄悄流走，人们还找不到我的洞口。"

"要说挖洞，我挖的比你的要大。"螃蟹毫不示弱，挥舞着一双大钳子说，"我这武器，还可以剪人，谁也不敢近我！"

"嗬嗬，我浑身有滑润的黏质。"泥鳅更不服输地说，"谁也甭想抓住我，不然，为什么称我'滑泥鳅'呢？"……

两个家伙正在斗嘴，正巧来了个腰缠小鱼篓的农家孩子。螃蟹和泥鳅打算逃走，小孩一把捉住了泥鳅，再一把便擒拿住了螃蟹，两个稻田的祸害物，几乎同时落进了小竹篓。

空谈家螃蟹

螃蟹常常从河底爬到岸上，对水族居民发表演说道：

"作为水族的一员，谁都应该创造业绩，结出硕果，只可惜有的角色专拖后腿，请考察那呆头笨脑的河蚌吧，它从来没有半点时间观念，毫无紧迫感，生活得单调、枯燥又庸碌，我真为它感到羞愧、难过！"

螃蟹说得激昂慷慨，口焦唇燥。

时光在泡沫倾泻中度过。

也不知道过了多久，无声无息的大蚌，有一天突然宣布造出了珍珠。大伙一瞧，珍珠晶莹圆润，玲珑剔透，光彩夺目。鱼虾们欢欣鼓舞，一齐向大蚌道喜、祝贺。一只河虾悄悄地打听：

"这般精细工程，您什么时候开始动工的？"

"哦，当螃蟹第一次演讲的时候。"大蚌的回答沉静又平和。

一尾鲤鱼游向朝岸边横行的老蟹，不客气地追问道：

"螃蟹先生，那么，您的功绩呢？"

横爬者一声不吭。近旁一只青蛙大声插话道：

"它嘛，至少也献出了几盆唾沫啊！"

山塘蟹干

在山冲的一处小水塘里，生活着一只螃蟹和一群青蛙。螃蟹觉得，这个山青水秀优美异常的水塘，自然归自己支配。它便选准地址，精心营造起地下宫殿来。青蛙们前来劝告道：

"螃蟹，你不要在堤岸这边猛挖，水一漏可不是闹着玩的。"

"我想怎么干，就怎么干，你们管得着吗？"老气横秋的螃蟹，唾沫四溅地说，"我很快就要完成世界上第一流的建筑，简直要赛过皇宫，你们不必眼红！"

螃蟹不断深掘，将堤岸钻穿了，水汩汩地流淌。蛙儿们急急地蹦出山塘，寻找山冲的水田去了。螃蟹毫不在意，心想：水哪能流光？不料，水越来越少，加上炙热的阳光一晒，山塘很快见了底。此刻，螃蟹从它的宫殿里溜出来，东爬西蹿，想弄一滴水解渴，全是白费劲儿。它这才慌了神，赶紧要爬离山塘。可是，还没有离开塘底，硬壳已被烤得发红，不久便成了蟹干。

螃蟹发飙

小溪水汩汩地流。溪边一只年轻的螃蟹，对一只在岩石上休憩的老龟发出了质问："老家伙，你在《溪流报》上发表文章说，这条小溪曾干涸得底朝天？"

"那是百年前的事了。"乌龟慢吞吞地说，"烈日当空，连旱数月，小溪断流了……"

"纯属胡说八道！"螃蟹瞪着两眼打断道，"这绝不可能，这是对美丽小溪的丑化！"

此刻，一只老青蛙从稻田蹦往岸边，高声对爬来爬去的螃蟹说：

"小后生，你总得尊重事实，老龟说的不会有错。告诉你，前年夏天发洪水，溪水暴涨，把岸上田里的水稻，都冲走了不少哪。"

"哇，你更是恶意地攻击啊！"螃蟹口喷唾沫，挥动一对大螯，发飙道，"你们都是别有用心，睁着眼睛说瞎话，丑化幽静的小溪，信口雌黄，忘恩负义，看我来收拾你们这些蟊贼！"

"同你打交道，真是无聊透顶啊！"老青蛙丢下一句话，又"咚"地跃入水田捉害虫去了。

螃蟹盛怒着，也爬近了禾蔸。

"哎！"老龟在岩石上，摇晃着头叹息道，"这个以卫道者自居的蠢货，以为只有它才热爱小溪哩。对小溪的历史和蒙受过的灾难，不但一无所知，更是矢口否定。它到底有什么样的襟怀呢？哼，如今，又准是偷偷去干剪禾苗的勾当去了！"

骷髅蛾装蜂王

非洲有一种夜蛾，浑身黄黑色的纹络里，显露出一处处骷髅似的斑点，所以被称作"骷髅蛾"。别瞧这家伙样子难看，可它有一套绝招，能在晚上潜入蜂房里，大吞蜜汁和王浆。

谁都知道，蜂屋的大门警备森严，许多想闯进去的飞虫、蚂蚁，不是被当场刺死，就是负伤逃命。那妖蛾又是怎么混进去的呢？原来，它大白天躲在树叶底下睡懒觉，养神儿；一到傍晚，它就精神抖擞地出动，溜到蜂窝大门外，观察蜂王的动静。没多久，它把蜂王的声调学得像极了。趁夜深人静，便用"嘤嘤"的调子，哼着蜂王特有的歌词，大摇大摆地直往里走。

蜂巢的卫士们以为头领散步归来，赶紧恭敬地开道，带至贮藏室，拿出最精美的食品供它享用。骷髅蛾吃饱喝足，直到天又要发亮时，才拖着圆滚滚的肚皮挪到大门外，一声不响地飞开了。

就这样，骷髅蛾过着神仙般的生活，自以为万无一失。不料有一次，一只机灵的小蜜蜂发现了破绽，它故意用蜂针尖儿轻轻划了可疑者一下，假蜂王吓得一声怪叫，完全是异样的声音。蜜蜂们顿时警觉起来，争着上前将它一顿猛刺，毫不留情地惩罚了这个大骗子。事后，蜜蜂们很有感触地表示：

"狡诈的伪装者，比明目张胆的侵夺者更阴险，更可恶！然而，也总有一天要原形毕露的！"

来了只苍蝇

狗熊抢蜜，被蜜蜂们蜇得嗷嗷怪叫，抱头逃窜。一只苍蝇扑来，嗡嗡直嚷："对呀，狠狠收拾这狗强盗！"

忙乱中，几只蜂儿发现了苍蝇，便围了上去。苍蝇在义愤填膺地捶胸顿足，声嘶力竭地喊："狗熊捞了多少珍贵的蜜啊，千万逮住这恶棍、流氓……"

一只蜜蜂上前揪住苍蝇，憎恶地说："你嘴上、身上粘的蜜汁告诉我们，你不是患难与共的朋友，而是趁火打劫的窃贼。你同狗熊是一路货色，我们哪能放过你？"

麻蝇伎俩

主人买回一尾三四斤重的鲤鱼，养在大木桶里，一时急着上班，泼下两瓢水便关门走了，鱼背脊一半露在水外面。

闻到鱼的腥味，从窗口钻入一只麻蝇。麻蝇飞了一阵，落到桶里的鱼背上，伸出吸管嘴舔了一会儿，虽然并不过瘾，可也解了点馋。它一边吸吮，一边屙出一条条小蛆虫——这也是麻蝇特有的本事。麻蝇围着木桶打转，挖空心思地想主意。

中午，主人匆忙推开厨房门，麻蝇见面就迎上前"嘤嘤"报告：

"主人，大事不好了，你的鱼坏了，趁早扔掉吧！"

"哦，有这码事？"主人困惑地问，"苍蝇，你守着不走，难道鱼真有问题？"

"信不信由你！"麻蝇喊，"你买回的是条变了质的鱼，现在更糟糕了。"

主人用手指扣住鱼鳃，把鱼提起来一瞧，哈，鲤鱼在使劲甩尾巴呐。不过，且慢，主人以为自己花了眼，他发现鱼背上有无数蛆虫在攒动！

"嗡，没错，是条生蛆的烂鱼，快丢掉吧！"麻蝇急不可耐地催促。

主人用水龙头把鱼冲洗干净，换上大半桶水，重新将鱼养着。然后，顺手抓起了苍蝇拍子，一边向麻蝇拍去，一边说：

"卑鄙的家伙，你一贯玩这般无耻的伎俩，我今天还能放过你么？"

蚂蚁问罪

蚂蚁寻到七星瓢虫，气势汹汹地责备道：

"你太过分了，太霸道了！"

七星瓢虫一时摸不着头脑，不知如何回答。

"你装什么糊涂？"蚂蚁摇头晃脑地说，"你呀，对蚜虫太凶狠了，我就是要为它们鸣不平！"

　　"哟，原来你是为蚜虫叫屈呀？"七星瓢虫说，"这些家伙，别看它们个子小，却拼命吸吮瓜菜的汁液，是危害农作物的大害虫，我收拾它们是理所当然的。"

　　"不，不，"蚂蚁激动地说，"蚜虫其实非常可亲可爱。"

　　七星瓢虫刚要反驳，一只飞动的蜜蜂忍不住抢先打断道：

　　"你蚂蚁为什么来兴师问罪？明眼人一看就清楚，原来，蚜虫的排泄物——蜜露，早就蒙住了你的心！你尝够了'蜜露'的甜头，才会如此卖劲地袒护它们吧！"

小山蚁立大功

　　一片郁郁葱葱的大松林中发生了不幸，松毛虫大量繁殖，它们把大树叶子快啃光了。闻讯赶来的灰喜鹊到松林中大显身手，消灭了一只只肉滚滚的毛毛虫。

　　另外一支救援大军也赶来了，与灰喜鹊一起战斗。

　　过了一段时间，灰喜鹊按捺不住心头的喜悦，高声向大家报喜道：

　　"我们的森林保住了，喳喳，树木又长出新芽了。"

　　"你的功劳不小啊！"猫头鹰说，"不是你全力除虫，这松林就难保了。"

　　"喳喳，立大功的并不是我。"

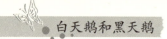

"谁呀？"猫头鹰惊讶地问。

"举尾黑山蚁哟。"灰喜鹊大声说道，"你知道吗？一窝蚂蚁，一天要吃两斤多虫卵，相当于十万条害虫。自从山蚁们从四面八方赶来参战，残害森林的毛毛虫就遭到了毁灭性的打击。所以，保卫松林的第一功，应该属于默默无闻、埋头苦干的小蚂蚁！"

缩小的蜂球

在一株老枫树的枝头，挂着一个篮球大小的蜂球。这是新蜂王带领自己的子民，临时建起的营地。

寒风阵阵袭来，雨点不时地敲打。抱成团的蜂们仍然顽强地坚持着，英勇地抗击着。表层的蜂们，都被折腾得有些麻木了，有一只老蜂再也没有了力气，它轻轻"嗡"地告别了一声，便掉落到地面的枯草里——那里已铺散着一层同伴的遗体。球面老蜂原来的位置上，立即有一只强壮的蜂顶替。身边一只瘦瘦的蜂，对身强体健的朋友说：

"等会儿，你还是进里层去，那里暖和。"

"你在外线那么久，眼看不行了，快进里面去歇息歇息，恢复一下体力吧。"强壮的蜂反过来劝道，并笑着扬扬翅说，"我这体魄抵挡三五天毫无问题！"

"好伙伴。"瘦蜂真诚地说，"我做出牺牲也就罢了，我们还得保存你这样的有生力量哟。"

"在这关系到蜂群生死存亡的关键时刻，不正是我出力的时候吗？我不能后退半步！"强悍的蜂斩钉截铁地回答。

在蜂球的里层，蜂们是温暖的、安全的。但里面的蜂，都主动地、拼命地往外挤，它们都怀着一个神圣的信念："为保卫群体，我必须勇作牺牲！"于是，不断出现这种悲壮的场面：里层的蜂，使劲往外层钻；表层的蜂严守不让，直至球面的蜂，在凄风苦雨中失去知觉，一只接一只地脱离蜂友……。

冬天逐渐过去，篮球般大小的蜂球，也只剩排球般大小了。但是，当春暖花开的时季，生机勃勃的蜂群，顿时变得异常繁荣昌盛起来！它们不但有了比篮球更大的精巧的蜂巢，有了千千万万小小的蜂卵及幼蜂，而且，从蜂房里传出的，还有那沁人心脾的蜜的芬芳！

蚊虫入帐

睡前，小伙子的蚊帐扎得不够严实，一只接一只的蚊子从缝隙中钻入。最后爬进帐内的是一只壮年蚊子，它一撒翅，便焦急地直嚷：

"你们别把血都抢光了，给我留下一口啊！"

几只胀饱了伏在蚊帐上的蚊子，听了壮蚊的吆喝，忍不住笑了起来。有一只老蚊虫说：

"哈，那血够我们几辈子喝的了，你请吧。"

壮蚊俯冲而下，叮在熟睡者的脸上，将尖尖的吸管嘴刺入皮肤，放开肚皮，大口大口地畅饮起来，不禁打心眼儿里赞叹道：

"美呀，美极了！"

睡梦中的年轻人蓦地将巴掌往左臂上猛一拍，惊得壮蚊一蹿，低头一瞧，左臂上有个新添的血红点。小伙子醒了，往脸上连搔了几下，又"咔嚓"一声，将床头灯打开。帐内顿时一片光明。小伙子翻身爬起，睁开惺忪的双眼，往帐内一瞅，止不住惊呼："乖乖，这么多吸血鬼！"他伸出两只巴掌，瞄准一只，拍打一只；一只又一只的蚊虫，变成了掌心红红的斑点。老蚊子和壮蚊，扑来闪去地逃命。壮蚊懊丧地哭道：

"早知如此，我压根儿就不该钻进来。"

"那不可能！"老蚊惊惶中仍不忘道出蚊界的处世哲学，说："只要能吸上血，我们是从不顾及后果的！"

话音未落，接连两声脆响，老蚊和壮虻几乎同时成了巴掌上的两小点污血。

蚊世格言

夏夜的大树下，人们在乘凉，有的人手里还摇着一把蒲扇。蚊子在人的周围"嘤嘤"乱窜，伺机寻找机会。

一只小蚊子跟在一只老蚊子后头，正朝一个人的胳膊飞近。还没靠拢身体，便听得"啪"的一声脆响，接着是愤怒地咒骂："哼，看你哪里逃？"留在那人胳膊上的是一小团血酱。

小蚊虫不觉心惊肉跳，飞往一旁呻吟道："太危险了。"旁边的老蚊子忙说："不吸血不成蚊子，别怕，万一得手就是胜利！"

老蚊虫领头，又往另一人的小腿掠去。小蚊虫刚立稳身子，便伸出尖嘴插了下去，猛吸起来。

"啪！"手掌重重拍落，不远处的老蚊子当即一命呜呼。

魂飞魄散的小蚊子赶紧逃命，歇在树干上喘了口气，定了定神，接着，毫不迟疑地向人发起了袭击。此刻，鲜血的美味，已使它忘掉了其它的一切，震荡在它心头的只有老蚊的"万一得手就是胜利"的格言。至于老蚊子的下场，它已经忘得一干二净！

知了对骂

当前网络十分发达，林子里的大树上就有个树皮网。东边树枝上，蹲着一只知了；西边树枝上，也伏着一只知了。它们都是名博，不时通过有声视频发博文，经常使整个林子都为之震动。

名博之间，往往互不服气，为的是争个输赢，看谁的名气更大。东枝蝉一天发博文道：

"西头小子不懂装懂，废话连篇，谬种流传，不以为耻，反以为荣，可笑可悲！"

西枝蝉毫不示弱，用博客立马回击：

"东头的家伙不学无术，称什么'教授''学者'，连论文都是抄袭的；人云亦云，倒吊三天，肚子里也甭想掉下一滴墨水！"

"呸，呸，"东边知了恶狠狠地说："你伪造学历，什么外国名校获得'博士学位'，那是草鸡大学，你花钱从那里买来的假文凭。你才恬不知耻，无耻之尤！"

"混账东西！"西边知了声嘶力竭地喊："你根本没有发言的资格，你还是重新钻回泥土里去吧，不要在世上丢丑！"

"你是王八蛋！"东枝蝉拼命发声，"你这乌龟只配沉在沟水里，压根儿不该攀高枝，装名流！"……

枝头歇枝的一只信鸽实在听不下去了，便开言道：

"发博文得讲个文明礼貌，这是大伙的共识。你们两这般闹腾，不是把个好端端的林中空气都污染了吗？"

对骂的知了听了，都觉得有些不好意思，叫骂声便戛然而止。

林子里果然清静了许多。

钻果蛀虫

马路旁的苹果树上，枝头硕果累累。有只蛀虫爬到一只大苹果表皮，它欣赏果儿之后，不禁心花怒放，叹道：

"这等美味，真是妙不可言，待我放开肚皮尽情受用！"

蛀虫刚嚼上几口，抬头瞄了瞄四周，警觉起来，对自己说：

"慢。我不能暴露在光天化日之下，这太危险。我要干得神不知鬼不觉，这红熟的果实，可成为我的天然掩体。"

为自己的聪明叫了声"好"，蛀虫便急急地打出了一个隧洞，胖乎乎的身子蠕动着，潜进了果肉里。它恣意享用，乐得天昏地暗。

这天，一阵风儿刮过，蛀坏了的果子颤动了一下，便脱离树枝，"啪"地跌落地面。肥肥的蛀虫发觉大事不好，正想逃离，谁知一辆马车快速驶过，车轮下的蛀虫，顿时被辗成了肉酱。

创新的蜘蛛

蜘蛛四处求职。第一次，它眼见壁虎被录取。壁虎沿着墙壁飞快爬动，甚至倒悬在天花板上，迅猛出击，逮住躲藏的蚊子。主考官蜜蜂回头问蜘蛛："你也试一试？"蜘蛛摇摇头，转身走了。

第二次，与它同时应聘的螳螂，像表演似的，把两把大刀舞得"呼呼"生风，很快将一只狡诈的蚱蜢制服了。主考的青蛙也忍不住高叫"顶呱呱"，当场拍板宣布录取。接着，转问蜘蛛道："小伙子，你也露一手？"蜘蛛苦笑一声，低头离开了。

蜘蛛又一次去找工作。排在前面的是蜻蜓，由七星瓢虫主考。七星瓢虫让蜻蜓显示本领，蜻蜓果然身手不凡。它站在小草尖上，眼珠子滴溜溜乱转，有只苍蝇在身背后一闪而过，蜻蜓一撒翅，扑上前将那飞贼擒住了。

"很好，很好！"又名"花大姐"的七星瓢虫连连点头说，"我

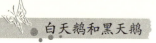
们保卫部门，正需要你这种有能耐的角色。"

蜘蛛回家后十分苦恼，但并不泄气，反而发奋做试验，摸索出了一个绝招，练出了高超的技巧：在树枝间，屋檐边，用尾部吐出的透明丝，织成一张又韧又黏的大网。它捎信邀请蜜蜂、青蛙、七星瓢虫前来考察。这些主考官一瞧，个个惊喜不已。只见那些蚊虫、蚱蜢、苍蝇之类，一只只落进网里，立即被守候的蜘蛛冲上，再用丝绳缚紧。坏蛋们虽然拼命挣扎，却脱身不得。

"妙呀，太妙了！"主考官们齐声夸奖道，"想不到蜘蛛有这般创新意识，充分发挥特有的优势，我们都乐于聘用！"

从此，蜘蛛轮流到几家保安公司上班，名气越来越响，作用越来越大。

蟒和蚁

美洲亚马逊河边，生活着无数蚂蚁——劫蚁。蚂蚁们终日忙碌，过得自由而快乐。一天，来了一条巨蟒。巨蟒所经之处，茅草、小树都被它压翻。早晨，它刚吞了一头牛。正打算躺下来睡午觉了。忽然，发现有个小黑点在眼前晃动，仔细一瞧，费力一听，原来有只小小的蚂蚁在说话。

"你不该压死我的许多兄弟！"小蚂蚁在抗议，"你还堵住了我们的大门，让我们进出不得，快点移开吧！"

"哈哈，"大蟒笑了起来，说，"你这小不点儿，有什么资格同我说话？连老虎、狮子见了我都要退避三舍，你竟胆敢在我跟前发号施令？"

"你蛮不讲理，别怪我们对你不客气？"蚂蚁发出了警告。

巨蟒嗤之以鼻，干脆用粗树干般的身躯，在蚁窝上碾动起来，嘴里恶狠狠地说：

"小东西，看我来收拾你们，让你们知道我蟒大王的厉害！"

肆无忌惮地逞凶，招致了严重的后果：无数劫蚁潮水般涌来，争着注射蚁酸，很快使巨蟒麻木得失去了知觉。没过多少天，这个曾威风八面的庞然大物，就被啃得只剩下了一副骨头架——这是小蚂蚁们的杰作！

蝌蚪发奋

荷花池溏里，一条像鱼苗似的小家伙，最喜欢同小鱼们游在一起。它们追来赶去，玩乐嬉戏，好不称心快意！

小家伙和小红鲤挺有缘，常跟在它后头转。这天，小红鲤就将小伙伴带回家里玩。鲤鱼的家，是个精致的石洞。在石洞的客厅里，半天不见朋友的身影，却听见红鲤妈妈在房里训斥儿子的声音：

"你怎么同小蝌蚪往来？鱼不像鱼，虾不像虾，瞧它圆鼓鼓的肚皮，准是个好吃懒做没出息的家伙！"

听到这里，蝌蚪愤然不辞而别，游出了客厅。从此，它不再打扰小红鲤等鱼儿，而是埋头苦练起本事来。功夫不负有心蛙——练着，练着，它从蝌蚪逐渐变成一只长四腿、带尾巴的小青蛙啦！

小青蛙爬上了岸不久，还蜕掉了尾巴。它在岸上学跳跃，在水里创蛙泳，那个累呀，它真想趴下来，歇在泥巴洞里什么也不干了！可耳边猛然响起"没出息，没出息"，它又毅然爬出土屋，到稻田学习捉害虫，日夜不停。同时，还放开嗓门，练唱各种夜曲……

有一天，青蛙——往昔的小蝌蚪，到荷塘边做跳水表演，"咚"的一声，从岸边旁假山石上跃入池塘。

鱼儿们把这位明星包围了。一条鲜红的鱼儿——往昔的小红鲤，把幼时玩伴悄悄拦到一边，真诚地说：

"朋友，你如今不但获得了'稻田卫士'的光荣称号，还成了有名的蛙泳家、跳水家、歌唱家。我妈妈那时特看不起你，它如今好后悔哟，要我专门向你道歉呢！"

"不，我反而要感谢你妈妈呀。"青蛙恳切地回答，"是它的话激励了我，鞭策着我，使我一辈子受用无穷！"

水响蚂蝗来

禾稻嫩绿，田水清清。在水田的禾兜旁，有只蚂蝗轻盈地舞动着，对田埂上蹲着的青蛙开口道：

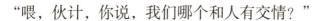

"喂，伙计，你说，我们哪个和人有交情？"

"依你看呢？"青蛙疑惑地反问。

"当然是我啦。"蚂蟥得意地说，"只要田水'哗哗'作响，肯定是有人下田了，这时，我便立即迎上去，和人缠在一起，那真叫亲密无间哩。而你呢？恰恰相反，只要听到人的脚步声，便'咚'的跳落田里，躲得不见身影。"

"不过，我是衷心喜欢人们的，也乐于为他们效劳呀。"青蛙辩解说，"只不过我害羞、胆小，不善于同人打交道而已。"

刚说到这儿，传来了脚步声和下到田里的响动，青蛙又急忙跃入了水田。蚂蟥却寻声赶了过去，到了人身旁，蚂蟥一下子就粘上了人的小腿，贴得紧紧的。藏在一旁的青蛙见了，很是纳闷，思忖道："蚂蟥和人，真是那么难舍难分？"才一会儿，青蛙见人突然踏上岸，弯腰扬手，"啪"的一巴掌抽下，将小腿上的来客震落；而蚂蟥叮过的伤口，鲜血直往下流。农夫顺手将蚂蟥扔到路上发烫的石板上，嘲笑地说：

"俗话说，'水响蚂蟥来'，果真不假。现在，让阳光来烤干你这个吸血鬼吧。"

"哇，蚂蟥和人的'交情'，原来是这么回事呀！不是亲眼所见，我哪知其中的奥秘呢？"青蛙暗叹着，不声不响地替人抓害虫去了。

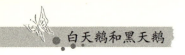

蜈蚣跛脚

有只蜈蚣，在前进途中碰到一瘸一拐走路的小公鸡。蜈蚣忍不住讪笑道：

"你走路的姿势太难看了。"

"右腿骨折，"小公鸡痛苦地说，"哎，伤了一条腿，真不好受啊。"

蜈蚣一听，哈哈大笑道：

"你也太不中用了，一条腿算个什么？瞧瞧我这条腿，早就成了跛足呢，我如今不是照样跑得飞快吗？"

蜈蚣边说，边扬起一条断了大半截的腿，显出几分得意的神情。

小公鸡吃力地用一条腿往前蹦了蹦，蜈蚣一瞧，觉得大事不妙，忙运足力气溜开了。小公鸡的尖嘴啄了个空。

"好险，好险……"蜈蚣几乎惊出了一身冷汗，心有余悸地自语道，"我怎么能拿自己的一条跛脚，同它的一条伤腿去比呢？"

第四辑
伐木工的情怀

两位皇帝

甲皇帝

一天，有位开国皇帝在金銮殿上接见一位布衣。布衣跪拜之后，说道：

"皇上，想当年，我们结伴行乞，栖身破桥下，天冷又饿，我们用罐子煮芋头，不慎罐子碰破，我们用小枯枝插芋头，抢着往嘴里塞……"

"记得，记得，"皇帝呵呵大笑，"难得你来探望寡人，先到国子监去学习学习吧，以后量才录用。"

不久，又一故人求见。那人三跪九叩之后，大声颂曰：

"吾皇万岁，万岁，万万岁！想当年，随圣上住在桥中府，攻入罐中城，一枪一个，一枪又一个，直杀得敌兵干净净！"

"胡说八道，鬼话连篇，给我滚！"皇帝发气恼怒地喊道。

此人立即被卫士押出了午门。

乙皇帝

历史有惊人相似之处。又一位开国之君刚坐龙椅不久，有一布衣求见。那人三跪九叩之后，扬声高唱：

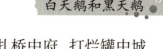

"真龙天子在上，想当年投靠皇上，驻扎桥中府，打烂罐中城，一枪一个，一枪又一个，把敌兵杀得片甲不留！……"

"是我当年手下猛士，失散了。"皇帝大悦，开金口颁旨，"加封为上将军，上任去吧。"

不久，又一故人求见，叩头之后开言道：

"能重见皇上，真是开心。想当年，我们破衣烂衫，一同当小叫花子，一晚歇在石拱桥下，天寒地冻，饥饿难当，只好从附近地里偷芋头来煮，不慎又将罐子打烂，我们抢着用枯枝戳半生不熟的芋头——"

"胡编乱造，蛊惑人心！"天子龙颜大怒，断喝道，"给我推出午门，斩首！"

因皇帝心态各异，故人的命运迥然不同。

"加重"比赛

在一个国度里，刮起了一股奇特的风：小学与小学之间，开展了一场旷日持久的小学生"加重"比赛。这里只介绍某城市的两所小学。甲校是位女校长，乙校是位男校长，两校相隔不过三千米。

比赛第一项，看谁的书包重。

这天放学时，两校门口均留下一年级一班学生，两班正好人数相等。各校门口设有台秤，由上级教育机关干部逐一过秤、登记。

事先不打招呼，防止了舞弊作假，成绩自然真实可信。

公布统计数：甲校每件书包平均重 5.4 千克，乙校平均 5.1 千克。甲校胜出。

第二项比赛颇为繁琐。上级行政官员，组织其他学校校长数十人，各选三年级人数对等的一个班，统计以下项目：

1. 每天放学前布置家庭作业多少题？

2. 通过父母手机、电脑，另补多少题？

3. 各项作业要多少时间完成？

4. 晚上几点睡觉？早上几点起床？

好在裁判人手多，个个又非常干练，除了平均数，还抓到特例。如乙校一学生，家长心疼儿子，让他十点上床。作业做不完，第二天早上五点半喊起床赶做。无奈身体顶不住，病倒，已请病假一个月。甲校英语作业，有书写、朗读、背诵、默写、听写等，每项至少 10 至 15 分钟完成。晚上英语教师通过手机，平均每晚补充 3 至 5 道题，成模范教师。

以上各项经细细统计，平均数出来了，仍然是女校长强一些。

第三项，比谁的眼镜多。此次选的是五年级的班：甲校三班对乙校五班，他们人数对等，均为五十人。三班、五班，正巧又都有二十三人近视，主持比赛的外校老校长，分别到两班讲台上往下一瞧，下面是许多亮晶晶的小玻璃片儿。老校长心里惊呼：

"好家伙，加重加到鼻梁上了！"

经仔细查明，甲校三班的玻璃瓶底（高度近视），比乙校五班的多四个，仍略占优势。

宣布比赛总结果：三比 0，甲校胜出。

乙校男校长自觉脸上无光，关在家里三天没出门。

甲校女校长，笑眯眯地登上领奖台，双手接过了上级长官颁发的《"加重"比赛冠军》的大奖旗！

百日拳王

全球特大新闻："铁拳"击败了所有对手，成为世界上赫赫有名的新的拳王！

"铁拳"杀出了威风，这是他长期苦练的结果。他从一个业余拳击爱好者，到职业拳手，走过了极为艰难曲折的道路。终于，他如愿以偿，成了名震全球的新闻人物。

获得"拳王"美誉后，走到哪儿都是掌声，都是鲜花，都是美酒，这个请他签名，那个求他合影。拳王如今忙些什么？他忙着参加各种座谈，各种宴会，做演讲，做广告模特儿……

老教练提醒他，告诫他，劝他按时练功。他淡然一笑应付，依然忙他的应酬。

不久，一位无名的新手冒出来向拳王挑战。

一场轰动全世界的决战拉开了帷幕。

拳王出场，傲气十足地晃动那双高举的铁拳。观众欢声雷动，如怒涛，如天崩，都在狂热地呼喊：

"铁拳，胜利！胜利，铁拳！"

比赛开始，真是紧张激烈！

可是，才三个回合，仅仅三个回合，这位举世闻名的英雄，就被挑战者击倒在地，好一阵爬不起来。

"哎！哎！是他自己葬送了自己啊！"老教练痛苦地说道："他当上'世界拳王'，才整整一百天呐！"

跛子村

有条又宽又平的石板路，通往一座古老的村落，沿着麻石条砌的数百级台阶，一级一级地直达秀丽的村庄。

不论白天还是黑夜，不论天晴还是下雨，不论挑担还是空手，村民们都腰杆笔挺，步履矫健，行动轻快。

可是，几年之间，几乎家家户户都出现了一两个跛子。

事端起于数年前的一个晚上。

一个壮汉领着两个牛高马大的儿子，抬走了几块砌台阶的石条，搬回家里做了建猪栏墙的基石。左邻右舍看在眼里，记在心头，他们分别带了自己的老婆、孩子，挖了十几块平路上的青石，有的铺在前庭，有的垫在后院。

如此这般，像一场可怕的瘟疫，全村百多户人家，除了一户孤身老大爷，全都争着将台阶上的麻石条、平路上的青板石，统统弄进了各家各户的庭院。存在了数百年的石台阶、石板路，像被一阵怪风刮过，卷得无影无踪。

后果可想而知，走惯了平整石台阶和石板路的村民，如今吃力地踩在坑坑洼洼、凹凸不平的路面和斜坡上。晴天倒也罢了，若是阴雨连绵的日子，尤其是暴风疾雨的晚上，行人跌跌撞撞，常常栽跟斗。那些往昔蹦跳惯了的孩子们，更是大吃苦头，大人、小孩常摔得断胳膊折腿。短短几年，跛子竞争似的冒出。

于是，这儿便成了远近闻名的跛子村。

财神支派穷鬼

有个穷鬼紧跟着财神，从另一个虚无缥缈的世界，共同来到了人间。

在一户人家的大门口，穷酸鬼和财神爷见到一大堆又一大堆鞭炮的灰烬。穷鬼砸舌，惊喜高呼：

"大开眼界，大开眼界！多有钱的财主啊，这是烧钱摆阔哩。财神老兄，你在这儿落户，绝不会降低身价！"

"嘿嘿！"财神爷一抹胡须冷笑道："如此奢华靡费，就是个为富不仁的暴发户！他家的爆竹，昨晚准放了一夜，肯定闹得四邻不安，怨声载道了。如此肮脏之地，我岂能安身？"

"那么？"穷鬼涎着口水急问。

"这才是你穷鬼安家之处啊！"财神爷鼓励般地支使道。

"太好了！"穷鬼一声欢呼，一个跟斗翻进了大门。

长城"好汉"

有位中年汉子，满怀激情地登上了八达岭长城。他攀上了最高处。在碉楼木梯出口处，不禁心潮澎湃，兴奋异常，原来微弯的腰身，猛地朝上一挺，正要高呼"我成为好汉啦！"谁知，"我"字才出口，昂起的后脑便"啪嗒"一声钝响，扎扎实实撞在低矮的上门框上，差点倒栽下去。

他从此头昏脑胀，留下了脑震荡的后遗症。

钓鱼的小孩

有个小孩常到小溪里钓鱼。每当钓上鱼儿，便用柳条穿着鱼腮。回家时，提着一串鱼，哼着小曲，昂首挺胸，从村前大道直奔回家。一路上，常获得大人们的称赞。

有时，一条鱼也没有钓到，小家伙便悄悄绕村边小路，溜到自家院旁，从矮墙外先扔进钓竿，再爬上墙头，然后纵身一跃，落进院里。

这一天，小男孩又从墙外抛进了钓竿等渔具，立在墙头正在往下跳时，爷爷突然冒了出来。他一把搂接住孙子，亲切拍拍小脑袋，说道："孩子，能钓到鱼自然光采；钓不到也并不丢脸，完全可以大大方方从大门口回家的呀。"

伐木工的情怀

一位老伐木工人，退休之后不再伐木，但是，他比以前更忙了。

他每天天刚亮，迎着清晨的阳光，扛着开山锄，背着一捆捆幼苗上山了。他在一处又一处的秃岭上，挖出一个又一个土坑，栽下一棵又一棵树苗。他不时浇水、施肥、除虫，精心护理，不怕严酷暑，不畏风霜雨雪。有人好心地劝告他：

"你辛苦劳累了大半辈子，已完成了一个伐木工人的光荣任务，问心无愧，完全可以安安生生享清福了。"

老伐木工人语重心长地答道："是的，我和伙伴们，从年轻到年老，流汗出力，砍倒了无数大树，提供了大量木材。但是，面对着失去了林木的山头，我时时感到亏心啊。作为大地的主人，在我有生之年，让这些山山岭岭重新披上新绿，我才会觉得充实、开心！"

老人说罢，扛起开山锄，背着一捆树苗，又大步上山了。

父子和花神

一位花园的主人对花儿们珍爱无比，不论烈日、冰霜，还是狂风、暴雨，总是死守园中。鲜花们也争气，常年争相怒放，香气不断。只是，园丁逐渐衰老，终于卧床不起。他召唤回外地工作的儿子，把打理花园的重担交给了他。

可是不久之后，园中的花儿却显得萎靡不振。儿子也不免烦恼起来。有天晚上，他到父亲的病榻前大倒苦水。老父倾听着，叹息着，却也无计可施。夜深了，儿子说累了，老人也听倦了。忽然，门被推开，走进来一位美妇，她自我介绍道：

"我是园中百花之神，特来探望病中老主人，同时帮新园主解开心中的纠结。"

父亲和儿子惊喜地请贵客入座，只听女神侃侃而谈，说出了一番语重心长的话：

"老园丁勤劳一生，成天蹲在花丛中劳作；新园丁虽在我们中间走动，可常常是站着的。而新园主的好恶，也让我们惊心，有时竟毫不怜惜地铲掉带刺的仙人掌呀。"

花神委婉说完，起身告辞而去。伏在床边的儿子和卧床的老父，仿佛从同一个梦境中惊醒。在如洗的月光下，他们彼此注视着，都陷入了沉思。

尴尬兄弟

两兄弟在打电话。

老弟说："阿哥，不妙呀，前些日子，我带小宝逛长城。稍不留神，小家伙用炭笔在堡楼木柱上，大大写上'王小宝到此一游'几个大字，当场被人发觉，我只得当众检讨，甭提多丢人啦。"

"哎！"老兄长长叹了口气，沉重地说："我们前几天不是刚从国外旅游归来吗？昨晚我在网上见到，在金字塔下端的转弯处，竟有小刀刻写的字：'中国王大宝到此一游'。很快就被我国游览的旅客拍照，在网上曝光了，立即引起轰动，还在搞'人肉搜索'，弄得我寝食不安，我正在考虑如何向全国、全世界的人认错哩！"

"太丢人啦！"弟弟惊呼："这是我们当家长的失职啊！"

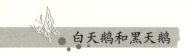

果树和人

主人从朋友处带回一棵树苗栽在院子里，树苗逐渐长大，长得并不太茁壮。这一来，小树得不到主人的青睐，受到的是白眼。

"长得太慢了，样子说多难看有多难看。"浮躁而又有几分懒散的主人，逢来客就这样说，"它肯定是坏品种，白花了我的精力，真倒霉！"

"哼，你总是拿我当众出丑！"小树不服气地想，不供足我的水和肥，不帮我除虫灭害，我怎能长得健壮？

"你这么不长进，别指望我热心培植你！"这天，主人忍不住指着小树发泄道。

"你没能耐，就别想我会结出果子来。"小树冷眼相对，发出无声的抗议。

主人对果树失去了信心，更不愿去护理小树了；小树对人已经失望，便长得歪歪扭扭，萎靡不振。

人和树，就这样相互埋怨，彼此僵持着。不用说，这株未老先衰的果树，就再也结不出果子来了。其实，这棵外地选来的果苗，的确属于一种新培育出来的优良品种！

海边"绝户网"

波涛起伏的大海边，壮年渔夫布下了几百米长的大插网。

海浪卷向岸上，迅猛涨潮时，大网逐渐沉入到了深深的水中。

"哗啦啦"，海水呼啸着退潮了，那些嬉戏在水底的鱼虾，便齐刷刷落进了巨大的网口，不论大小，一网吞尽，连产卵的鱼虾之类，自然也不能幸免！

这一天，渔夫收网时，他那刚懂事的六、七岁的儿子，初次来海边瞧热闹。见网里无数活蹦乱跳的鱼虾，他拍着小手在潮湿的海滩上雀跃着，欢呼着：

"好呀，好呀，这么多鱼虾，爸爸，这一网有多少？"

"有好几百斤吧。"

"这么多呀！"娃娃嚷道，他伸出小手摸着网说，"这网孔多细啊，难怪捞这样多鱼虾。"

"网孔越变越小，鱼虾也越来越小，越来越少了。"渔夫深有所感地说，"我小时同你爷爷布网时，网孔比如今的大一倍，鱼虾每次一网也要多一倍哩。"

"网孔大一些，许多小鱼虾溜掉了，捕到的就是大些的鱼虾啦！"小家伙得意地喊，忽然脑瓜子一转，盯着父亲问道，"爸爸，等我长大了，还能网多少鱼虾呢？"

"这个嘛……"父亲沉吟着，尴尬地答道，"如今网孔织得越来越细密，大伙只管眼前，我也如此。到你长大想布网时，鱼虾恐怕没有了踪影呢。哎哎，要不为什么人们称之为'绝户网'呢？"

"良心"雕塑

在某个国家有位著名的慈善家，他倾其所有购买了一块重达数吨的红宝石。因深感于官场的腐败和民风日下，他特地邀请国内最杰出的雕塑家雕塑一件艺术品。雕塑家明白意图之后，表示愿意尽义务地把这件事做好。

雕塑家竭尽全力地干了三年三个月零三天，终于大功告成。这是一个硕大的心——"良心"！在市政府前的广场中央，以洁白的大理石为底座，精美绝伦的"良心"雕塑，就嵌竖在底座上面。

在灿烂的阳光下，红宝石"良心"光芒四射，连幽静的月夜，它也熠熠生辉。

小朋友们常常小手牵着小手围成圈子，在"良心"四周唱呀跳呀，沐浴着红宝石的光辉，很是欢乐。

"良心"雕塑成了崇高和圣洁的象征！

新婚夫妇都要在雕塑前照相留念。而他（她）的心，也就变得更加炽热和纯洁。连离婚的夫妻也常到这里平静友好地分手，告别后竟忘记了心头的积怨，以后见面仍是朋友。

一个逃亡多年的罪犯，抬头瞅见了那颗似乎跳动的良心，他浑身一颤抖，转身毅然决然地到公安局去自首。

一位当小官的爸爸，走路时总是绕道避开雕塑。他那十岁的女儿似乎已窥探到了父亲内心的秘密，这天，女儿拉着父亲的手说："爸爸，我们到良心那儿去吧。"不由分说，硬拖着父亲就走。他们到了雕塑前，女儿指着塑像欢快地嚷道：

"爸爸，我最喜欢良心了！你呢？"

"我也喜欢。"父亲抬头凝视，两眼有些湿润了，口里喃喃地表白，"爸爸今后一定按良心办事。"

当小官的父亲回家后便将一个信袋中的钱尽数取出——那原本是为了升官去买通上司行贿的资金。

高耸的"良心"，还目睹了惊心动魄的一幕：

一位衣着不整的汉子，匆匆往市政府大门的台阶上走，后面有两个精壮的人赶上，扭往，并拖往广场，还取出手铐，"咔嚓"一声将衣服破旧的人铐往。"你们为什么这样对我？"被铐的人挣扎，声音嘶哑。一个壮汉说："我们奉命行事，守候多时。"另一个补充道："你破坏安定，越级跑到市里告状，给我们县政府抹黑！"痛苦的声音随即响起：

"你们知道实情吗？村官勾结奸商，把我们的房子连夜拆了，人也被打伤、压坏，县里告状不成，我能不上告吗？你们抓我，你们还有良心吗？"

两人仰望了一眼红宝石的塑像，即刻打开了手铐，同时说："走，我们陪你到信访办去！"

"良心"似乎也深深感受到了自己存在的价值，它欣慰地闪

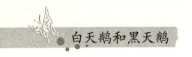

射着光泽，比往常更为卖力。

"良心"，不只竖立在广场上空，也似乎溶到了人们的胸中。卖假酒的老板，注目塑像多时之后，将假酒全部注入了抽水马桶；一个小偷将手伸入别人口袋到一半，忽然记起那颗红得耀眼的心，他的手抽回来了；一位老汉被飞驰的汽车撞倒，后面有人发现了，但此人考虑施救会不会惹麻烦，正犹豫间，抬头看见红宝石光亮一闪，他即刻扑了上去。

红宝石四射的光芒，使这个城市的空气变得越来越纯净。全城的人以此为荣，并自豪地称自己的城市为"良心城"。"良心城"声名鹊起，世界各地来旅游观光的人络绎不绝。

红宝石的"良心"成了不朽的丰碑！

鲁班门前

鲁班大师门前，来了两位年轻木工。走在前面的矮个子，眼看要到门槛了，却冷不丁站住，返身打算离开；后面的高个子，左腋挟把利斧，伸出右手拦阻道：

"老哥，好不容易到这儿，怎么还要回头？"

"小声点，"矮个子连连摇头，惶恐地说，"我劝你不要来，你偏偏把我也拉来。老弟呀，这里是祖师爷住的地方，你我何必来丢丑出洋相？趁他老人家没发觉，还是快点躲开为妙……"

"不，迢迢千里来到了这儿，我更不回头了。"高个子一眼瞥见门边墙上倚着一根粗木柱，便抡起斧子，"嚓嚓，嚓嚓"地劈削起来。

院内传来了脚步声，矮个子吓出了一身冷汗，忙说：

"鲁班师傅快露面了，你不走，我走。"

高个子仍在削呀劈的，全神贯注。矮个头儿蹑手蹑脚，一溜烟朝村口蹿去，那插在腰带上斧头的刃口，一晃一晃地闪烁着贼亮的光……

"谁在大门口动斧头呀？"童颜鹤发的老鲁班，迈着稳健的步子出了大门，边走边问。

"老师傅，您瞧瞧我这刀工如何？有哪些不到之处？"高个子跪倒举上木头，口中说，"我是专程前来拜师学艺的。"

鲁班瞟了一眼那个快消失的身影，双手扶起拜在跟前的年轻人，呵呵笑了起来。——据说，这个后生，便成了鲁班最后一个、也是平生最得意的一个徒弟。

"班门"是可以"弄斧"的，就像鲁班这位关门弟子所做的那样。故事又告诉我们：想拜师学到绝技，不仅要虚心虔诚，还要大胆勇进！

盲人救人

有一位盲人，拄着一根棍子在江边漫步。蓦地，耳边传来了呼救的声音，他快步赶到岸边，将棍子一放，"扑通"一声跳进了江水中。他奋力地游近落水者，托住那半死不活的小孩，拼尽全力往岸边游，终于将落水的孩子救了上来。

"呀，他是个瞎子呢！"忽然有人，惊叫起来。

"朋友"另一个人好奇地问盲人道："你看不见，怎么能冲向孩子？又怎么刚巧划回岸边？"

"我听得清楚呀，"盲人答道，"小孩在那儿喊'救命'，还有挣扎时的水响声，我当然能找到他啦。至于岸边，一直是闹哄哄的，我不往这里划，往哪里划？"

"他虽然是个盲人，可心里却是亮堂堂的啊。"一位白发苍苍的老汉由衷地赞叹道。

美女漫画像

大漫画家画的美女十分精彩。

美女在窗口孤芳自赏之余，一不留神，画像被风从手中夺走。

风从高楼卷起画，恶作剧般将画扔到了大树枝头上。从鸟窝里探出头来的斑鸠姑娘，眼尖嘴快，一下就叼住了画，又用双翅按在树丫间，左瞅右瞄，止不住咯咯笑道：

"这一定是天上神仙的手笔，看，把我画得多逼真、多传神！"

漫画中的眼睛又圆又大，越看越象自己，斑鸠止不住喊道：

"快来瞧，我的漫画像，我是多么出色的鸟姑娘啊！"

喊声未落音，画被风刮到了地面。一位兔小姐捡起了画，欣喜若狂地说：

"嘿，哪位大画家偷偷把我画上了？我成了典型的美女兔啦！"

可眨眼的工夫画又被风吹走了，抛到池边青草地上。青蛙姑娘捧起来，大声笑道：

"这不是我是谁？维妙维肖，美极了！顶呱呱！"

青蛙姑娘正乐得乱蹦乱跳，闺阁中的美女下楼寻画来了。她小心地拾起画，开心地自语道：

"夸张地画出了我圆溜溜的大眼睛，样子比我更美，可又太像我啦！"

农夫和秀才

农家大院里，靠墙角边有口大缸，里面装着一缸粪便。不知道过了多少日子，那缸面上已结上了厚厚一层粪垢。这天，农夫提着长长的粪杓，正打算将杓伸进缸里，碰巧，来了一位同村人——他是一位秀才。秀才见状，忙上前阻止道：

"老弟，动不得也，动不得！"

"秀才先生，这是为何呀？"农夫有些惊讶地问。

"凭着岁月的魔力，缸面尘封日久，已无任何气味，那就维持现状好了。如今，你若捅开上面一层，顿时就会臭气冲天，全村都会弥漫着难闻的气味了，会挨人咒骂的。老弟呀，多一事不如少一事吧！"秀才苦口婆心地劝告。

农夫坦然笑笑，用力将粪杓插入缸里，还使劲地搅了搅。一股恶臭冲天而起，秀才捂鼻急急逃开，嘴里嘟囔道："臭不可闻也，当众出丑哉！"

"俗话说得好'没有粪便臭，哪有饭菜香'？"农夫边往粪捅里舀粪水边说道，"臭就让它臭一阵好了。我们庄稼汉，顾的是农时，讲的是实效，该捅破这层粪垢时，就立即捅破，不会畏首畏尾讲究那么多假斯文的。"

听到有人打比喻告诫我们："有些旧事如粪便缸，不去捅破上面厚厚那层为妙。"我却认为，还是庄稼汉的态度和作法值得推崇。

女斗牛士

古代西班牙，有一位家喻户晓的女斗牛士。她的勇敢，她的机敏，她的美貌，人们一提起来，无不竖起大拇指赞好。

女斗牛士是位单身女郎，心仪她的男人数不胜数。但不少追求者见她在斗牛场上，面对凶猛的公牛，是那么地彪警，那么地骠悍，他们畏怯了，打了退堂鼓。当然，也还有几位不死心，仍追随其左右。其中，包括一位斯斯文文的中学教师。

这一天，女斗牛士又在斗牛场上取得了大胜。才几个回合，就将一头暴跳如雷的强健公牛刺倒，手法的高超，时间的短捷，连许多男斗牛士都自叹弗如。

散场后，几位追求者簇拥着自己的英雄，往一家酒店走去。半路上，遇见了一个混乱的场面：一个身高体壮的酒鬼，挥舞着一把锋利的匕首，疯狂地追逐着、乱刺着过往行人，正在大伙四散奔逃之际，女斗牛士大喝一声"看我的"，一个箭步纵身上前，一把抓牢对方握凶器的手，往后一扭，酒鬼颓然栽倒，匕首"叮铛"落地。

见义勇为，临危不惧，好样的！她获得了更多的尊敬和崇拜。

在庆功宴席上，大伙正谈笑风生，举杯祝贺。忽然，女斗牛士手中的酒杯掉落地面，脸变惨白，一时花容失色。

"怎么啦？怎么啦？"朋友们以为她得了急病，焦虑万分地

询问。

"那、那里——"她嘴唇乌青，再也说不下去了。

随着女斗牛士手指头指点的地方，只见墙脚地面有个微微移动的褐黑色点儿。

"蟑螂！"护花使者们异口同声地高喊，又齐声发问："蟑螂？你怕蟑螂？"

女郎无力地点了点头。

"哇，哈哈哈！"一阵大笑似火山爆发，有的笑得捧腹，有的笑得前仰后合，有的笑得几乎跌倒。

他们嘴里大声嚷嚷道：

"大猛牛都不在话下，被小蟑螂吓个半死，哈，哈，哈！"

"哈哈，不是亲眼所见，打死我也不会相信！"

"天下奇闻，天下奇闻啊，哈哈哈！"

"……"

只有斯文的中学教师一声不响，他轻轻拍了两下女斗牛士的肩膀，快步走向墙角，一脚踩死了欲逃离的害虫——蟑螂。

女斗牛士爱上了中学教师，很快嫁给了他。她对闺中蜜友坦言道：

"他尊重我的恐惧。他是一个实实在在的人，一个可以依靠的人。"

潜水寻珠的人

湍急的江水中，隐隐约约见到闪光发亮的夜明珠。

有两个胆大的人都想取得这颗珠子。虽然他们都有出色的潜水功夫，但他们深入水底之后，却再也没有露出水面。

这两个冒险下水的人，目的大不一样。

一个人这样盘算道："我把夜明珠捞上来，送到博物馆，供大伙观赏，多美！"

"得了夜明珠，可以卖个大价钱！"另一个这样筹谋，"哈，别墅，小车，美人都有了。哇，真是妙不可言呀！"

如今，他们全都被无情的江水吞没，被流水冲入到了水底龙宫。老龙王对两位不请自来的人说：

"你们的由来我一清二楚，你们为夜明珠付出了生命，我必须作出郑重的安排。英俊的年轻人，我不能将夜明珠给你哟。"

"为什么？"一心想将珠子献给博物馆的人颇为吃惊。

"因为，我要把你送入天堂。而天堂里，夜明珠之类的奇珍异宝，多得数也数不清，你到那儿尽情欣赏去吧。"

"相貌丑陋的年轻人，"龙王停了停，说道，"这颗夜明珠，就交给你了。"

"大王英明，大王英明！"这个人叩头如捣蒜，高声颂扬道。

"地狱里为了一颗这样的珠子，总是争抢得头破血流，九死

一生。"老龙王平静地说道，"我就让你带上这颗珠子直奔地狱之门！"

人和蚊子的冲突

远古时候，蚊子初次飞到人的身边。小飞虫轻歌曼舞，舞姿优美而活泼，歌声清幽而婉转。人点头称好，蚊子跳得分外起劲。

歌舞之后，蚊子偃旗息鼓，不知去向。顷刻间，人发觉颈项上一阵阵出奇的痒疼，他顺手一巴掌。摊开手，见指尖已粘着血花点，半死不活的蚊子趴在原处。那蚊子挥动着残缺的双翅怨恨地说：

"两面三刀的人啊，这就是你对我的报偿？我如此卖劲地为你献艺，才仅仅喝一口水——"

"可恶的东西！"人愤怒地打断道，"你作一场表演，便饱吸一肚皮鲜血！可人血不是水哇！"

"嘤嘤，就算讨了点吃的罢，你也用不着大动干戈！"蚊虫反驳道，"要知道，我曾一片好心为你效劳，你却如此铁石心肠，朝我下狠手。试问，你还有点儿人性没有？"

"嘿嘿！"人冷笑道，"如果作为对你出场费的报酬，我竟宽容得任你吸血，那么，我还称得上血性男儿吗？事实警示我，对你这种吸血鬼，绝不能心慈手软！"……

古往今来，人和蚊子的矛盾冲突一直在继续，而且远没有终止。

太师戒酒

古时有一位官员，为官清廉。他任太师二十余载，退休时，无声无息地返回到了故乡。老人自耕自乐，唯一爱好是小饮几杯，却又时常无钱沽酒。

有一晚，他酒瘾发作，在月光下徘徊。此时，邻舍小酒肆传出阵阵酒香，老太师走近，见凉篷下的饭桌上有半瓶酒。他经不住诱惑，捧起瓶子，就"咕噜咕噜"地喝了个一干二净。他很快醉倒桌边，呼呼大睡。第二日黎明，酒店主人开门一看，感到无比惊诧。乡亲闻讯，先后携酒送上门，老太师婉拒道：

"我偷酒喝，怎么还好意思接受慰问？实说了吧，自那晚之后，我已戒酒啦！"

老太师这件轶事，广为传播，流传至今。

徒弟的掌声

一位木匠退休之前，老板请他造一幢木屋。木匠粗制滥造，很快交差。屋成，老板表示：这是专为木匠本人而造，特赠予。木匠追悔莫及。

另外，也发生过类似的事。

有位老木匠已到退休年龄，他请求老板放归故里。老板笑道：

"我正想请您建最后一座木屋呢。"

老木匠爽快地答应了。在一处风水很好的地方，老木匠起早贪黑地忙碌起来。

有位徒弟以精明著称。他闻讯赶来，劝告师傅道：

"您老劳累了一辈子，何必干得那么辛苦，那么较真。马马虎虎交个差算了，快点回家享清福去吧。"

"做事必须有始有终，尽善尽美。"老木匠严肃地说，"这也算是我留下的一个纪念吧，我哪能马虎应付呢？"

半年后木房建好，精美实用，人见人夸。完工这天，老板在新屋前的地坪上，开了个庆贺会。当场将大门钥匙交给老木匠。老师傅推却。老板诚挚地说：

"您为我的公司出过大力，最后又用自己的智慧和汗水，造出了这座样版式的房子，归您养老是受之无愧的呀。快将家里亲人接来团聚吧。"

徒弟们为师傅热烈鼓掌，那位以精明著称的徒弟拍得最响。师傅在掌声中接下了一串钥匙。

玩瓷高手

有位古瓷器鉴定专家，在当地十分有名气。凡是经他鉴定过的古瓷，几乎百分之百地准确，因此，他每月收入的鉴定费就相当可观啦。

这位老兄不仅是鉴瓷行家，还是制作古瓷的高手。这一来，它就有了发大财的机会。他的表弟是制瓷厂老板，他来到厂里，与表弟关起门来，采用最新高温瓷像技术，秘密造出了青花瓷瓶。然后，让妻兄捧到拍卖行拍卖。

拍卖行的人，专程请这位权威专家去做最后鉴定。

这位专家一抓起瓶子，便赞不绝口，说道：

"这是罕见的极品古瓷，皇家专用的宝物啊。瞧这造型，何等精致、何等美观！花纹线条何等自然流畅！瞅这款识形式，篆书书写于瓶里心，'永乐年制'，一点不假，地道的明代永乐青花瓷啊！"

专家如此这般一宣扬，加上得力的炒作，这只花瓶拍卖中便卖出了天价。

古瓷鉴定、制作专家，果真成了大款。

不料好景不长，他与妻兄、表弟因分赃不匀，大闹了起来，

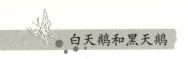

终于走漏了消息。这位专家，便以欺诈、造假等罪名被逮捕！新别墅没住上几天，就锒铛入狱了。

武松和铁匠

苍茫暮色中，山下小酒店里，有位黑汉子正在喝闷酒。忽然，门口走入一位彪形大汉，放下手中哨棒和背上的行装，口里直嚷：

"小二，有好酒直拣好的端一坛来！"

"好咧，"店小二抱出一坛酒，夸道，"这是有名的'出门倒'，请慢慢消受，我立马送下酒菜来。"

彪形大汉邀黑汉子同饮，并互通姓名。黑汉子说，"我姓陈，是个铁匠。"彪形大汉道："我姓武，排行第二，叫我武二好了。"他们开怀痛饮，很快喝光了一坛酒，结账出门。店小二却在门口劝阻道：

"天色已晚，二位客官切不可上山。山上有猛虎为害，专吃过往行人！"

"我有紧急事要连夜赶路。"武二说。

"什么虎不虎，我身上带有打铁的铁锤，一锤便能击碎虎的天灵盖！"陈铁匠气壮如牛，接话道。

他俩不听店小二的劝告，大步流星很快到了半山腰。蓦地，见一山神庙前贴有布告，月光下字迹分明：

　　"山头恶虎伤人，来往行人须白日中午结队，由兵丁护送过岭。其它时间，一律不许通行！"

　　"天呐，真有老虎哩！"陈铁匠打了个冷战说，"快退至小店去吧。"

　　"你不是有铁锤吗？"

　　"到时我哪能举得起啊，我还要留条小命回家养老婆、孩子呐。"

　　"大虫，不过是大虫，怕甚？"武二说，"你要下山，请便。"

　　武二头也不回地朝岭上爬去……

　　第二日，陈铁匠在小酒店一觉睡醒，已近中午。正打算出门赶路，便听到一个爆炸性新闻：昨晚一位叫武松的壮士，在景阳冈上遇虎，哨棒打折，赤手空拳揍死了吃人的吊睛白额虎。如今，正抬着好汉和死虎，在阳谷县县城游街庆贺哩……

　　"我的天！"陈铁匠叹道，"昨晚我若同武松上景阳冈，今日，我也就成为'打虎英雄'了！嘿，连我打铁、护身的大铁锤，也能大大风光一番了！"

　　"可昨晚你在睡梦中，却大呼'老虎吃人啦，救命啊！'把全店人都闹醒了。"店小二笑着揭短道。

　　"同武松在一起，我高高抡起铁锤，定能砸烂老虎的脑袋，成为与武松齐名的……"陈铁匠神往地高谈阔论。

　　"好了，好了，"店小二毫不客气地打断道，"那么，你今晚就抱着你的大铁锤，做一个打虎的美梦去吧！"

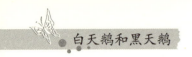

西天三兄弟

悟空三兄弟取经成正果后，都得到了封赏。他们生活在西天，也开始各奔前程，寻求事业的发展，那境况一点儿也不亚于当前人世间。

孙悟空没多久就攻下了博士学位。他与观音菩萨的秘书善财童子——红孩儿，旧缘重续，结成了更铁的把兄弟。通过红秘牵线，观音安排悟空当了极乐保险公司董事长。工资由如来佛特批：年薪黄金三万两。

金身罗汉沙悟净，苦读后熬了个大专科学历。后来当副科级干部，一干就是三百多万年，月领银元七百五十枚，也称得上"白领"。

猪八戒嘛，这位净坛使者，脑瓜子不怎么活泛，不想念书，有些懒散又爱同人吵架，对啦，他守西天政府大院大门时，有次竟将如来佛拦住（谁叫佛祖变化成了个小后生？）佛祖生气曰："猪'悟能'，真'无能'，扫地去吧。"净坛使者就去扫地了，每月领铜子儿九十八个。

孙董事长无限风光，开着劳斯莱斯，这里那里去开会。开会初，坐上主席台，指示一番，将下属训斥一通，然后筋斗云翻来栽去：到篷莱品仙桃、打高尔夫球；至东海冲浪、往龙宫鉴宝；陪观音搓麻将……等开会结束时，赶回念念秘书写的总结稿，再颁个奖什么的，总之，乐此不疲！

　　净坛使者颇为潦倒，他白天扫西天大道，晚上钻进观音娘娘莲花宝座下的地下室栖身。这位净坛使者手头拮据，只得捡路边塑料瓶等废品，增加点儿收入。他越来越瘦，身子骨几乎变了形，模样儿酷肖取经时的大师兄孙猴子。

　　这天祥光普照，在大吉大利花园门口处，停着劳斯莱斯豪车，从车窗扔出一只空瓶。猴儿似的净坛使者猪八戒忙跳过去捡取。此时，车门"砰"地打开，跨出一位角色，那人高声笑曰：

　　"师弟，久违了！"

　　净坛使者盯了半晌，哪敢相认？——眼前呈现的，那体态，那神情，俨然是个小如来佛祖！

一把镰刀

一位农妇对人说："有一把镰刀，我就能致富。"

一把镰刀，从早到晚，"唰，唰，唰"地割个不停。在黎明的晨雾里，在正午的骄阳下，在暮霭的朦胧中，镰刀几乎都在不歇息地忙碌着。陪伴它的是淋漓的汗珠，还有那欢歌笑语。一天，它经过邻村时，碰上了一把锄头。锄头倚在一处墙角，低沉地说道：

"你就是那把有抱负的镰刀么？哼，我稍微用点劲，就能把你压倒。"

"好呀，那你就行动起来吧。"镰刀爽朗地回答。

"我有的是力气，我要让东山野坡变苞米地，西江边的荒滩成苹果园；到时，金黄的苞谷堆成山，殷红的苹果一箩箩……"

镰刀无暇多听，它赶到芦苇地割芦苇去了。

不知过了多久，镰刀又和锄头相遇。锄头说话仍然那么瓮声瓮气：

"编那些篮子、篓子之类的小玩艺儿，有什么出息？要干，就要干得轰轰烈烈，干得惊天动地！我打算，把那片最大的洼地变为聚宝盆，让那里长出无数的稻谷、高粱、棉花……"

镰刀一声不响地离开了。它到一片草地里"唰唰，唰唰"，割了一捆又一捆的嫩草。它供养的长毛兔越来越多了。

　　割下的芦苇堆满院子，月光下用芦苇编织出的工艺品，在市场上也越来越受欢迎。……

　　一把平凡的镰刀，成了一座富裕农庄发家的元勋。

　　当镰刀在一处似乎陌生而又熟悉的地方，再次遇见似乎熟悉而又陌生的锄头时，躺在潮湿墙脚的锄头，幽幽地问道：

　　"呃，难道，你真是那把致富的镰刀？"

　　"一点没错，我正是。"

　　"看来，我是不能再这样待下去了。"锄头说着，竖起了身子。

❧ 一个养孔雀的人 ❧

有位少年初中毕业后，因父母体弱多病，便到城里打工了。开始时，他当建筑工地的小工，后来成了一个砌砖能手。他攒积了一笔钱，也有了一些闲余时间。

有一次，他去游动物园，见到了孔雀，他反复观赏，久久舍不得离开。以后，他又多次去动物园观察、研究孔雀，越看越心生喜爱。他想：

"如此美丽的鸟儿，我为何不发'美丽''的财，赚'美丽'的钱呢？"

这个念头使他激动，使他充实，使他陡添力量。他把时间抓得更紧了。不断买回关于孔雀的书阅读，到图书馆查阅有关孔雀的资料，到动物园向孔雀饲养员求教，跑林业科研单位咨询养孔雀的问题……。

在他二十出头的时候，他便回到了偏僻的家乡，承包十多亩荒坡围成孔雀园，又专程到外地买回了一组蓝孔雀。他成了孔雀园的主人。

孔雀，民间俗称"凤凰"，山村里果真飞起了凤凰！心灵手巧的后生，在父母的协助下，不到两年，成效可观，孔雀繁衍到200余只。养孔雀成本低廉，用玉米、小麦、骨粉、鱼粉等喂养就行，更有山乡取之不尽的青绿饲料。孔雀一年可长到近十斤，成年雌孔雀一年生蛋多的能达 70 枚。孔雀不但观赏价值高，是人见人爱的吉祥鸟，而且有极高的食用、保健价值。民间流传一句谚语："水中老鳖，禽中孔雀"，便可知其营养的丰富程度。雄孔雀的尾羽，是难得的装饰品，连孔雀粪便都可以提炼成高级美容化妆品及药品。孔雀全身都是宝啊！

年轻人如痴如醉地养育孔雀。每当看到雄孔雀撑开有着五彩金翠纹线的尾屏，那尾羽颤动、闪闪发光、嘎嘎作响时，他的心里总会泛起一股狂喜的热涛！

慕名来参观的、专程来购买孔雀的人们，络绎不绝。孔雀园越来越美丽，越来越兴旺。

养孔雀的青年生活富裕了。他治好了父母的病，建立了幸福的小家庭，还帮助几户困难乡亲养起了孔雀。他那新建的农家大院里，很快安装上了电脑，他随时可上网，掌握外界信息，进行网上贸易……

年轻人的日子，有如孔雀开屏：绚丽多姿，异彩纷呈！一次，他对新婚的妻子吐露出了自己的心声：

"我觉得，美好的愿望，就像撒入土壤的种子，只要努力精心栽培，它总是会开花结果的哟！"

尤三姐和石拱桥

却说《红楼梦》中的尤三姐遭误解，其未婚夫柳湘莲上门悔婚，追讨定情之物雌鸳剑时，三姐一声"还你剑"，当面用剑在颈上一抹，自刎身亡。此时，曹雪芹写道：

"可怜：

揉碎桃花红满地，

玉山倾倒再难扶！"

尤三姐精神不死，一缕幽灵升起，从此漫游神州大地。

这晚月色清朗，她溯湖南资江而上，旧地重游，经湍急的江水，到小溪出口处时，忽听到一个苍老而微弱的声音传来：

"三姐，你来啦？"

尤三姐急奔上前，只见一须发皆白的老者斜躺水边，羸弱不堪。惊问：

"你不是石兄么？"

"我是石拱桥啊。"

"呀，怎么弄成这般模样？"

"一言难尽啦！"同在清代问世的石拱桥叹道，"据说，这里要搞什么仿古建筑群，要把我清除掉…………"

"这成什么话？"尤三姐柳眉倒竖，杏眼圆睁，发怒道，"前几日我尚在北京，那里严令保护古迹，连典型的四合院也绝不容毁损，这里为何如此胡作非为？"

"哎，哎，瞧瞧我的脚吧。"石老汉伸出一只快被削断的脚，汩汩的血将溪水都染红了，它痛苦地呻吟道，"不过多日，我就会倒地不起，一命呜呼啦！"

尤三姐脑子里顿时闪出了一个凶险的不祥画面，她不由得仿曹雪芹的句子，吟道：

"可叹：

破碎青石摔满溪，

古桥拱影梦难寻！"

她俯身轻轻抚摸石拱桥老人快断的腿，不禁泪如雨下。

"天无绝人之路，"石拱桥老汉抖动着白胡须，反过来安慰尤三姐说道，"别太伤心了，如今有不少好心人，正在为我日夜奔走呼号，说不定我还能有救呢。"

"但愿如此，但愿如此啊。"尤三姐抹掉脸上的泪水，仰望明月，梦幻般地充满了期待。

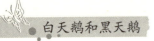

渔妇之求

有个岛国，国王以亲民享有美誉。一天，他驾临一座渔村视察，召集乡民恳谈。国君滔滔不绝地讲述其宏伟蓝图：填海造新岛屿；筑摩天大楼；建室内滑冰场……说得正起劲，一位中年渔妇打断道："尊敬的国王，您能让我带着孩子，重新在海滩上捡到贝壳吗？"

国王一听傻眼了。已被污染的海滩，哪怕他是国王，要恢复往昔的状况，也是无回天之力了！

鸟儿们的礼物

园丁鸟是新西兰最活跃的鸟儿。这一天，基督城的一只园丁鸟，向林鸽、鹦鹉、斑鸠、黄莺、麻雀等鸟儿报告一个喜讯道：

"史密斯先生向格林大妈提出挑战呢，看谁能把更多的鸟儿引到自家的花园！"

话题引起了鸟儿们极大的兴趣。它们纷纷议论起来，最后决定实地考察一番。

鸟儿们结伴先到了史密斯先生的花园。在高大的樱花树枝头，挂着几只精致的开放的鸟笼，里面摆放有面包屑、粟米，麻雀、斑鸠等争着钻进去，快乐地叮啄着。再瞅鲜花丛中，竖着两尊塑像，一尊是老鹰，一尊是海鸥，栩翅如生，却唬得黄莺儿在枝头索索发抖。而趴在草地上的那只斗牛犬，仰头发出了不友善的汪汪吠叫，吓得鸟儿们四散乱飞，离开了园子。

好一阵才集中队伍，再飞到了不远处的格林大妈家。大妈家绿茵茵的草坪，如一片云朵；四周种着不同品种的玫瑰，如地毯玫瑰、灌木玫瑰和攀爬玫瑰，花儿的形状和颜色各不相同。更妙的是，还栽着各种果树，有桃树、李树、苹果树、梨树、柠檬树。在柿子树的枝头，正挂着累累的熟透了的柿子。有的鸟儿欢呼着，扑往柿树上啄食起来。在一棵玉兰树下，用小铲松土的格林大妈，站起来伸直腰，招招手，慈祥地说："鸟儿们，开开心心地会餐吧。"

接着这位已退休的女主人愉快感地叹道："花园的活儿，真干不完呢，不知不觉，一个上午快过去了。"

此时，家中的大黄猫，挨近又跪在鲜花旁除草的大妈，温顺地触摸着……

园丁鸟激动地飞到女主人身旁，蹦跳着舞蹈起来；黄莺、林鸽也绕着格林大妈，边飞边唱。鸟儿顺势叮吃乱窜的小飞虫，或泥土里翻出的小蚯蚓。热情的黄猫"喵喵"嚷着，同鸟儿们玩起了捉迷藏的游戏。格林大妈也不禁哼起了轻快的小调……

这天晚上的睡梦里，格林大妈觉得自己还在花间劳作。猛抬头，见园丁鸟径直朝自己翩翩而来，嘴里叼着一片大红玫瑰花瓣呢。接过仔细一瞧，只见散发芬芳的花瓣上面细心地刻

写着：

　　"敬赠

　　最美花园主人。"

　　格林大妈笑醒了。

孔子和硕鼠

　　春秋末期的孔仲尼先生，含辛茹苦地整理出了《诗经》。此书在刊印期间，有只大老鼠闻讯，亢奋无比。它特地赶到鲁国，登门求见孔子后，抹着胡须，晃着尾巴，吱吱笑嚷道：

　　"大圣人啊，我老鼠可名垂青史啰，哈，据说已堂而皇之地登上您的《诗经》殿堂了？……"

　　孔子起初一愣，顿时若有所悟，点点头说：

　　"没错，我在《鲁风》中选有一首名为《硕鼠》的诗。"

　　"可不是？"老鼠乐得打了个滚，高昂着头说，"我知道，硕者，大也；硕鼠，即大老鼠——伟大的老鼠！蒙您老人家将我伟鼠载入不朽之《诗经》，我特带来腊肉、干鱼数捆，聊表谢忱。"

　　"大老鼠呀，"孔夫子一听，一改往昔温柔敦厚之风，变色厉声斥道，"群众在歌谣中，正是痛骂你这种糟蹋老百姓庄稼、吸吮人民血汗的坏种呢，我念最后一段给你听听：

硕鼠硕鼠，无食我苗！

三岁贯女，莫我肯劳。

逝将去女，适彼乐郊。

乐郊乐郊。谁之永号？

可你，竟无耻到疯狂的地步！你望题生义，以为在赞扬你大老鼠？告诉你吧，《硕鼠》一诗，是在警示子孙万代，要毫不留情地摆脱你等贪婪鼠辈，去寻求自己幸福的乐土哩！"

说罢，孔子驱赶了硕鼠，并用脚将"礼物"踢出了门外。

兔子理论家

一双长长乱晃的耳朵，一对圆圆的滴溜溜转的眼睛，更有一个灵活善变的头脑。对，这就是我们的兔子理论家。

这一天，躲在蕨草深处的理论家，瞅见狐狸引着虎大王边走边聊，谈笑风生，脑子大为开窍，忙返家铺开白杨树皮纸张，写起论文来。题目是：《论正直的狐狸》。

稿成，寄送至《动物论坛报》。不久，却传来一个不祥的讯息：狐狸是假借老虎的威风，在林子里向百兽行骗，四处捣鬼。兔子理论家一听，急得四处乱蹿，不知如何是好。邻舍老刺猬，得知原委后，不无讥讽地说："嚯，你今天才知道狐狸是个歪心眼儿的家伙呀？"

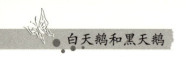

兔子理论家一听，大受启发，赶紧索回论文，忙着修改起来。新题目便改成了《论歪心眼儿的狐狸》！

高家庄的新姑爷

八戒随唐僧取经前，曾在高家庄成亲。他施了些魔法，强使高小姐成了朱（猪）夫人。这位粗黑肥胖、脑袋有些似猪头的新姑爷，云里来雾里去，闹得高家不得安宁。但在四乡八里，乡亲们并不知底细，只当高太公招了个上门女婿。

朱先生虽耳大嘴翘长相奇丑，可邻人们看在厚道的高太公的面，对这位新姑爷也还客气，不敢怠慢。这天下午，朱大汉照例摇摇晃晃，在乡间大道上闲逛时，一眼瞅见了李大爷家院子里种的大木瓜树，不觉口水直涌。他便登门唱个喏，然后，亮开嗓门嚷道："李老爷子，你这一树木瓜黄熟了，我老朱讨几个尝尝如何？"

入到家门便是客。李大爷一瞧是高太公家的新姑爷，便大方地笑道："你喜欢，不妨摘吃，不妨摘吃。"说毕，自个儿到后院菜地除草去了。

过了约一个时辰，李大爷干完活儿回到前庭，新姑爷早已不见身影。他抬头一瞅，咦，高大的木瓜树上，原来累累的黄硕木瓜，已干干净净，一个不剩！

"啊呀！"李大爷倒抽了一口凉气，叹息道，"这位先生，怎么会这样呢？"

于是，高家庄一带的乡邻，很快觉察到了这位姑爷身上的一股妖气，都敬而远之。有好事者，还根据他的作为，编了句俏皮话，并很快流行。因此，每当某人有类似行为时，便不由得说出"新姑爷讨木瓜——一扫精光"的歇后语。

这是没有写入《西游记》的一桩关于猪八戒的轶事，现补记下供人一笑。

八哥和金钱豹

有只聪明的八哥，能言善语，人话说得圆溜而响亮。它的口头禅是："恭喜发财，红包拿来。"逢年过节，每当随主人寻亲访友，它一路高呼，红包便滚滚而来。当小官儿的主人，对宠物八哥也奖励有加，不是喂黄粟米、黑芝麻，就是塞红虫子、活蚱蜢……

一天，陪同主人游动物国，八哥忽然心血来潮，一闪翅扑往不远处，一头钻进一大铁网屋，落在蹲坐打盹的大爷跟前，用清亮的嗓音喊道：

"豹子，豹子，恭喜发财，红包拿来！"

豹先生微微睁眼一瞅，威严地哼了一声，不耐烦地伸出右前掌一扫。八哥连打了几个趔趄，身上已被爪子挂出了血，不是溜得快，早就一命呜呼了。

八哥飞逃至主人手上，伤心哭诉：

"豹爷不给红包，还抓伤了我！"

"蠢鸟啊，蠢鸟，"主人知道原委后，叹息道，"我们只有向这位大爷奉送红包的理呀。要知道，它是威风八面的金钱豹啊，就算它浑身金钱叮哨作响，谁敢从它身上去抠半个子儿？你不识时务，颠倒讨红包，如今能捡回一条小命儿，就是不幸中的万幸啦！"

鼠、熊和老虎

老鼠偷来一只鸡仔，鲜嫩可口，美不可言。它筹划着赶紧献给虎大王。心想，这一来定当深受赏识，将由如今的偏僻小郡，调升到繁华之都去。想着想着，心里不禁乐开了花。它当即安排两员心腹鼠仆，抬着活嫩鸡，径直到了虎王宫前。

鼠头目毕竟有些胆怯，不敢面呈上礼物，便在扎着红绸的鸡脚上，留下颂书，就撤离返归，回到官衙，静候佳音去了。谁知鸡未绑紧，挣脱后在虎宫乱蹿，闹得满城皆知。一追查，竟是鼠头目送的赃物。虎王大怒，这还了得，公然进宫行贿讨官，不正撞在风口浪尖上？

此刻，正巧从宫殿后门溜进了熊将军，它背了半边鲜鹿肉。虎王和老熊寒暄过后，便回到前殿颁旨，命令熊将军严惩公然行贿的鼠辈，将鼠头目活烤，以儆效尤。

据说，老熊很快完成了使命。熊胖子执行任务时，还做到了废物利用，把烤老鼠塞进了嘴里，刚好填牙缝。

这一来，虎大王声誉大增；而老熊不久也由将军升成了元帅。

一些大老虎，落马前无不百般作秀，俨然盖世清官，包公再世。殊不知其斑斑劣迹，实在丑不堪言，深为世人所唾弃！

鸟界巨奖

鸟界要评选出最会唱歌的鸟儿。获奖者不仅可领取富有象征性的小金鸟，而且还能名垂鸟史。

白天唱歌的鸟，晚上唱歌的鸟，山林唱歌的鸟，水面唱歌的鸟……全都踊跃报名参赛。

评奖委员会也郑重宣布成立。它们是：猫头鹰、八哥、野鸭、孔雀和黄莺。自然，猫头鹰、八哥等也都是报名参赛者——它们没有什么回避政策。

在一棵大树上，评委会从白天到夜晚，讨论了三天三夜。德高望重的猫头鹰睁一眼闭一眼地主持会议。会议伊始，八哥打头炮：

"要说唱歌，猫头鹰先生当数第一。它夜空中放歌，高亢雄浑，达石破天惊之神效，金鸟奖非它莫属啊。"

八哥、孔雀和野鸭也抢着发言，好不热闹。黄莺提出夜莺歌声美妙悠扬，实属难得，应当考虑。可表决时夜莺只得到一票，终于四比一，猫头鹰获通过。

如此这般，激情讨论，争议不休，有时闹得不可开交。野鸭提名八哥，说它天生巧嘴，金嗓子闻名遐迩，终于全票通过。孔雀猛夸野鸭歌声嘹亮动听，在水面随波荡漾，可以三日不绝，自然配领取奖品小金鸟，也四比一顺利过关。会上，孔雀不时展示鲜亮艳丽的羽毛，八哥诚挚而响亮地发言，盛赞孔雀载歌载舞，让人们和众鸟如痴如醉，为之倾倒，也获多数票通过。

最后只剩下一个名额了！讨论达到白热化程度。吵来吵去，直到第三天深夜，才评给林中的百灵鸟。可怜的黄莺小姐势单力薄，只获得自己投自己的一票，名额有限啦，与小金鸟失之交臂，难过得几乎掉眼泪。

评奖结果公布，鸟世界虽然一片哗然，可颁奖已按程序结束。评委主持猫头鹰和评委委员八哥、野鸭、孔雀，都兴高采烈地捧回了珍贵的小金鸟。

只是这金鸟奖，在鸟世界的评奖史上，不知是留下了光辉的一页，还是涂上了龌龊的一章？

狮王和野牛

狮子是森林之王。它自恃有高贵的血统、威严的宝座和无穷的权势，自然睥睨天下，傲视一切。

一日，雄狮昂首漫步草原，猛见一庞然大物在埋头啃草，它冲上前，厉声喝道：

"呔，小子！面对本大王，你怎么不上前跪安？"

野牛抬起头，平静地回答：

"狮先生，你走你的路，我啃我的草，彼此并不相干啊？"

"胡说！"狮子震怒，咆哮道，"草原是我的领地，每棵草，都归我所有。你一介草民，未经本王爷恩准，竟敢瞎闯禁地，我看你是活得不耐烦了！"

野牛只当没听见，仍低头嚼着嫩草。狮子的愤慨已极，猛扑上前，打算撕破野牛的喉咙。野牛警觉地闪开，转身迎击。狮子又纵身蹿上牛背，伸出两只前爪，欲掏牛的肛门，野牛奋力一跃，将狮子重重甩落草地……

如此几个来回的激战，野牛终于暴怒了。它瞅准战机，长吼一声，使出浑身牛劲儿，用头朝狮身顶去，牛角尖戳入了狮子胸腔，然后顺势往空中一抛。好家伙，不可一世的狮大王，顿时被狠狠摔落地面，狼狈不堪地直打滚儿。

"请记住教训吧。"野牛离开时，缓缓地说道，"吃草的牛，并不都是天生的弱者；你欺侮过了头，也会尝到牛角尖的滋味！"

吃鬼的钟馗

钟馗是传说中的打鬼英雄，千百年来，家喻户晓，常被当作门神，画像被贴在大门上，受到老百姓的顶礼膜拜。

提到伸张正义，谈及铲除邪恶，就会联想到富有象征意味的钟馗。往昔的钟馗，真可与包拯、海瑞相提并论，只不过他是神话中的人物罢了。

一点不错，钟馗正是个传说中的勇士，他打鬼成瘾，毫不留情。各大鬼小鬼、贪鬼刁鬼，只要听到"钟馗"二字，无不闻风丧胆，拼命逃遁。

可惜，光荣已成昔日黄花，钟馗如今已迥然不同了。

这一天，二郎神骑着哮天犬，迎面拦住了钟馗，他额上那第三只能识妖怪的眼里，放射出闪闪金光。二郎神杨戬发问：

"来者可是钟馗？"

"小神正是以打鬼为业的钟馗。"

"如何弄法？"

"一齐抓住，灭了。"

"那些鬼的下落呢？"

"嗯，全都当烤嫩鸡似的，送进了嘴里。"钟馗讷讷交待，"我知道瞒骗不了您二郎神，嗯，连鬼们身上所藏的金银财宝，全都吞进了我的肚子里。我越捞越不满足，越来越——"

"难怪，你如今大腹便便，鬼气冲天啦！"二郎神打断道，"没错，你已蜕化变质成了最大的魔怪，我杨戬替天行道，岂能让你逍遥法外？"

说罢，二郎神抛出了神圣的捆妖索。钟馗俯首就擒。

豪猪的刺儿

豪猪漫步在林间小道上，嘴里哼着轻快的曲调儿。

一头狼从后面赶上，咽着口水问：

"小家伙，你不怕我撕碎你？"

"你敢下嘴吗？"豪猪把浑身利刺摇得沙沙作响，笑着回答。

狼气呼呼地溜了。

不一会，碰到一头熊。熊傲然喊道：

"小笨蛋，乖乖当我的午餐吧！"

"你敢动手？"

老熊摩拳擦掌，就是不敢捏那针刺般的一团，丧气地离开了。

"蠢猪，你逃不掉了，哈哈，我捡了一顿可口的点心！"林中霸主金钱豹冲来，边发喊边张嘴去咬那团鲜肉。紧接着，一声惨叫。——发出哀叫的不是小小的豪猪，正是气焰嚣张的豹子。原来，豪猪陡然竖起的利刺，已戳得豹嘴鲜血直流。

花豹落荒而逃。

"刺儿刺儿，你保障了我生命的安全，更捍卫了我弱者的自尊啊。"豪猪感叹道，"嘿嘿，在强者跟前，我是从来就用不着低三下四，卑躬屈膝的！"

指责一只蛙

一群青蛙在一块旱田里闲聊。有只大头蛙说，大伙都曾有过尾巴的。顿时，激起了轩然大波。一只胖蛙气得厉声喝道："该死的大脑袋，你敢丑化老子？我们蛙儿若有尾巴，那真是奇耻大辱。你想要有尾巴，你去跟蛇跟蝎子为伍好了！"蛙们群情激忿，纷纷参予指责，调门越来越高，声音此起彼伏，一片喧哗，闹得夜的田垅不得安宁。

"我们就是有过尾巴，这不会有假！"大头蛙毫无怯色，据理力争。

偏偏谁也不服。一气之下，大头蛙说："不信？我带你们去个地方看看！"

大伙蹦蹦跳跳，跟着大头蛙来到一口池塘边。在明亮的月光下，见一群蝌蚪在水中游动。大头蛙指点道："你们瞧，不是个个有条尾巴吗？""哈哈，"一只瘦青蛙笑仰了，继而讥讽地说，

"这明明是一帮胖鱼仔嘛，你想忽悠我们，把大伙都当傻瓜呀？你愿当有尾巴的家伙，你自个儿当去吧！"

正闹得不过开交，从塘边草丛中，跃出只小青蛙，它跳到大家跟前，用稚气的声音喊："大叔、大婶们，你们争什么呀？"

"一边去！"胖蛙训斥道，"拖尾巴的小怪物，没有你插嘴的份儿"

"嘀嘀，"大头蛙开心大笑道，"你们睁大眼睛瞧清楚吧，它正是我们的小小青蛙，看，屁股上不是还拖着没有甩掉的小尾巴吗？"

其他的青蛙一看全都傻眼啦！

🎍 师傅是夜莺 🎍

幽美的池塘边，有棵大榕树，树上有位闻名遐迩的歌唱家——夜莺。

常常歇在牛背上的八哥，有时也在榕树上过夜，它自然也就学了夜莺的一两支小曲，而且，还唱得有板有眼。你瞧，夕阳斜照的牛角上，"小夜莺"——八哥自称——放开了嗓门儿，纵情放歌道：

"月下之夜呀，
美妙绝伦，

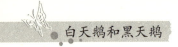

令我陶醉哟,

恍若梦境……"

歌声悠扬婉啭,老水牛不觉大声夸好,连晚归的羊儿,返村的鹅、鸭,都倾耳聆听,如痴似醉。有一回,八哥在大森林电视台露了脸,由此更是名声大振,它四处表演,备受欢迎。还有几位铁杆粉丝,如麻雀、斑鸠等,都成了追星族,八哥唱到哪儿,它们跟到哪儿。自然,八哥的报酬也越来越丰厚啦,奉献上的小鲜虾,活蚂蚱等美味佳肴,都吃得几乎腻味儿了。

"您怎么唱得这么出色呢?您跟谁学的呀?"白鸽记者登门专访,问题连珠炮似的发出。

八哥自负地微笑着,答道:

"我是地地道道的草根出身,从小爱唱歌,自强不息,自学成才。后来有幸拜著名歌唱家夜莺为师,我的艺术成就便突飞猛进,有了今日的成绩。"

长篇报导在《森林报》上发表,题目为《我的师傅是夜莺》。由此,八哥更是名声大噪,出外表演时,架子也逐渐摆出来了。什么歌唱家、艺术家的名头都来者不拒。

遇事爱探个究竟的啄木鸟,忍不住找到榕树深处,推醒正在酣睡的歌唱大师追问:

"八哥是您的高足?是您培养了这位艺术家?"

"非也。"夜莺文质彬彬地答道,"我从未教过此生。再说模仿别人唱几首歌那也能称艺术?"

信息传到八哥的耳中时,这位"小夜莺"冷笑一声,用不屑的口吻这么说道：

"什么艺术大师，假清高，那是瞧不起我这类草根奇才？谁没有穿开裆裤的时候。"

穿着开裆裤的人不可笑，如果穿着开裆裤要去冒充什么家那就太可笑了。

小企鹅和大海豹

新西兰的奥玛鲁镇，有一处著名景点：蓝企鹅之家。这里长期生活着数百只蓝企鹅，它们的个子，只有小母鸡一般大小，憨态可掬，却吸引着世界各地游客前来观瞻。

这天傍晚，景色依旧。巨大乱石之间，伏卧着一只大海豹，它摇头晃脑，正在尽兴作诗哩。你听：

"无边无际的大海呀，

汹涌澎湃巨浪滔天；

我威力无穷的海豹，

要把你踩成一马平川！"

暮色中，一群企鹅从浪涛中钻出，爬到了岸上，它们蹒跚着，结伴上坡，朝自家住屋走去。一只年轻的企鹅，在海豹面前停住了，它倾听吟诗声，几乎惊呆，不禁喃喃自语道：

"镇住大海啊，那该有多大的气魄呀！"

"孩子，甭听它胡咧咧，"一只年长的企鹅郑重地说道，"近二十年了，我常常听它发出如此这般的豪言壮语。可是，当我们每日在远海中穿行时，这位庞然大物的英雄，大都躺在惊涛拍岸的岩石边，悠闲自在地作诗哩。我们走快点，抓紧回家休息，养精蓄锐，以便投入明天同海浪的搏斗！"

蚁和鹰

有座金山，山下有只蚂蚁。此刻，它正在晃着脑袋，得意洋洋地宣称："谁有我这般财富？瞧，这全是我的——世上独一无二的金山！"正巧，一只老鹰停在近旁，蚂蚁使出浑身的劲儿，傲慢地问：

"你有我这样的金山吗？"

"你说什么？"老鹰道，"我听不分明。你是说你拥有的财产？"

"一点不错。"蚂蚁道，"我的住地是金山，你呢？"

"我的家，在悬崖上的岩洞边。"

"这么说，你可算一无所有了。"蚂蚁嘲笑道，"原来你是个穷光蛋啊！"

"我有蓝天、白云、阳光、风雨，还有自由自在的遨翔！"雄鹰边说边展开了翅膀，鼓动的风，将蚂蚁刮得不知去向。

人鸟之间

皇后镇的怀卡提波湖畔，沙滩上，白色的海鸥，灰麻的野鸭，小巧的麻雀等鸟儿，一阵阵的，在世界各国汇聚的游客中间，飞来扑去，尽兴地叮啄投扔的食物。一位穿白衣服的妈妈，和女儿时而蹲着时而坐着，开心地逗着鸟儿们。只可惜，她们没带食物。而附近一位肤色黧黑的小男孩，坐在沙滩上，一点点地掐着手中的面包，不断地抛出去，引来鸟儿们的争夺。

白衣服妈妈兴味盎然，情急之下，随手捡起滩上的小石子，一粒粒地丢出去，果然，引来鸭子蹿上叼石子，但又随即吐掉。另一位穿红衣服的母亲，她蓦地从一旁走来，一声不响地抓过儿子手中的面包，一掰而分成两块，一份留给了儿子，另一份递给了白衣服妈妈。

白衣服妈妈连称"谢谢"。又一分为二，将一半给了女儿。母女俩竞相投食，鸟儿们同时上前争抢，十分有趣，她们开心地笑了。旁边静观的一位白发老者——少女的外公，心中不免一动。事后，对女儿和外孙女说：

"记住这个生动的细节吧。红衣服妈妈主动将喂鸟的面包分送，做得多么亲切自然啊。"

过后不久，老者突然若有所悟。他不禁责备自己对那个细节的肤浅理解。那位淳朴的母亲，不单是让别人分享喂鸟的快乐吧？

她大概是不能容忍，没有食物而扔石子去招引鸟儿这种不诚实的举动啊！

小鹿和妈妈

小鹿稚嫩无邪的大眼睛里，总是不断闪现新的世界，因为，她正和妈妈在国外旅游呢。

鹿妈妈脖子上吊着照相机，每到一景区，都忙着给小鹿摄影。"来，照一张。""笑一笑。""把头抬一抬。""……"鹿妈妈发出各种指令。当妈妈的好忙碌哟，忙着选景，忙着看宝贝的表情，忙着按快门……

妈妈越忙着指挥，小鹿倒反而越不耐烦了，有时故意闪避，有时还装怪相。这天，在一处美丽的湖畔，鹿妈妈追着给宝贝女儿照相时，一只老海鸥在空中闪着双翅笑了。它边飞边说：

"小鹿啊，你妈妈是想让你留下生命中美好的足迹哩，好好配合吧。"

"谢谢海鸥叔叔。"小鹿被感动了，站在沙滩上，抬头很有礼貌地回答。

鹿妈妈用舌尖一点，轻轻"嚓"的一声，小鹿伫立海边的美丽身影，顿时永远地保留下来了。

"鹿妈妈，"海鸥盘桓着劝告道，"你只顾照相，不看脚下，有时会不安全哩。"

"谢谢关心啊。"鹿妈妈虔诚地表示。

说也怪，打这以后，小鹿就乖乖配合妈妈摄影了，每次还做出生动的表情。因为，小鹿很爱妈妈，她清楚地记得，妈妈为了追着给自己拍照，以前还真的摔过两次哩。

愁官和乐官

有两位县令是同科出身的朋友，久未谋面，一日相遇，都不免大为吃惊。年长那位，满脸红光，青春焕发；原本年少的那位，一副愁容，显得老气横秋。小饮之后，说开了心里话。

年轻者叹道："为了讨好上司往上爬，我日夜发愁；为了捞更多金钱，我煞费苦心——"

"老弟，"年长者打断道，"你我吃喝不愁，生活无忧，能静心为百姓干些好事，岂不快哉！"

快乐的官，心胸开朗，不在歪门邪道上花心思，年纪虽大，却越活越年轻；贪赃枉法的官，忙于勾心斗角，整日愁容满脸，自然未老先衰了。

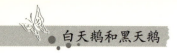

木雕巨狮

一头雄狮子来到一庞然大物跟前，那巨物喝问：

"小子，你知道我是谁吗？——世上独一无二的狮子！"

"什么，你是狮子？"雄狮抬起头来惊讶地问。

"我自然是来历非凡的狮子，人们花大力从国外将我运回，又雇二十二位木雕大师，费三年，才把我这截名贵的黄金樟躯干，雕刻成如今的模样。我体重三十九吨，世上绝无仅有，我将流芳万世啊！"

狮子一听，不禁仰天呵呵笑了。它用庄重的口吻说道：

"你瞧瞧远处那高高的山吗？它叫石狮山。大自然的鬼斧神工，使它酷肖一头雄狮。而我，刚刚从那狮头上下来。嘀嘀，不管是石山狮，还是你木雕狮，你们有骨骼和灵魂吗？可怜的家伙，尽管你的土豪主人，把你弄得张牙舞爪，显得不可一世，但是，你仍然只不过是一件炫富的摆设品，一块愚不可及的大木头疙瘩而已。你知道吗？人们看着你，把玩着你，可心里想着的还是我呀！"

说罢，雄狮不紧不慢地踱开了，只留下木雕巨狮在那儿永远地发呆。

乌鸦帮田鼠

乌鸦飞落田塍上，张开大嘴，哇哇嚷道：

"大伙请注意，千万不要上当，不要轻信猫头鹰的谣言。猫头鹰攻击田鼠，满嘴胡说八道！瞧那猫头鹰，凶头刁嘴，它是夜游症患者，是疯子，是夜幕里出没的可疑份子！……"

禾菀下一只青蛙大声问：

"你这么卖力地替田鼠说话，恐怕另有玄机吧？"

"哇哇，你胡说些啥？我说的全是公道话。"

"哈哈，"青蛙笑后，严正地开口道，"我听牛大伯说过，它犁田时，在田角曾犁开过田鼠老巢，里面就窝藏着稻谷、高粱等庄稼。田鼠专干偷盗勾当，是出名的窃贼。昨晚，那边树上的夜莺就告诉我，它亲眼见田鼠趁暮色赏给你一个玉米球。你享受了田鼠的恩赐，胀饱了肚子，才这么不遗余力来诋毁庄稼卫士——猫头鹰的吧？"

乌鸦张口结舌，一撒双翅，开溜了。

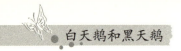

亿万星星亿万人

老天文学家探讨星空一辈子，如今已经很老很老了。而经他发现并命名的新星，多得数也数不清。

这位大天文学家，此刻正伫立在世上最大的天文望远镜前。他潜心观察星星时，蓦地，他儿时的一幕闪现：

……奶奶怀中抱着还是幼童的自己，指着夜空，娓娓地说道："娃儿，你可知道，地上多少人，天上就有多少星吧？"

"人不在了呢？"他稚气地发问。

"灵魂升上了天，变成一颗颗星星啦。"祖母慈爱地笑答，"星星在空中发光，人们在地面行动；天上有多少星星，地面就有多少人；天上的星星永远数不清，地上的人无穷无尽。"

"奶奶，人和星到底有多少呀？"他打破砂锅追到底。

"我哪知道啊，孩子，等你长大了，去细细数吧。不过，我们活着的人，也要像活着的星星一样，彼此之间平等对待，和气相处，一齐发出亮晶晶的光，永远永远……"

老祖母的声音犹在耳边回响，须发皆白的著名天文学家，顷刻间已躺倒在天文镜前，含笑地闭上了眼睛。……

此刻，他袅袅飘升的灵魂，正赶着去见老祖母了吧？